숙향전
우리 고전 다시 읽기

구인환(서울대 명예교수) 엮음

좋은 책 좋은 독자를 만드는 –

㈜신원문화사

# 머리말

수천년 동안 한 민족이 국가의 체제를 갖추어 연면한 역사와 전통을 계속해 왔다는 것은 인류 역사를 살펴봐도 그렇게 흔한 일이 아니다. 그리고 그 민족이 고유한 문자를 가지고 후세에 길이 전할 문헌을 남겼다는 것은 더욱 흔한 일이 아닐 것이다.

이러한 면에서 볼 때 우리 한민족은 세계 어느 나라와 비교해도 손색없고, 자랑스러운 역사와 전통을 이어왔다. 우리 한민족은 5천 여 년의 기나긴 역사를 통하여 수많은 외세의 침략을 받아 백척간두의 국난을 겪으면서도 우리의 역사, 한민족 고유의 전통을 면면히 이어온 슬기로운 조상이 있었다. 이러한 까닭으로 오늘날 빛나는 민족의 문화 유산을 이어받은 것이다.

고전 문학(古典文學)이란 실용성을 잃고도 여전히 존재할 만한 값어치가 있고, 시대와 사회는 변해도 항상 시대를 초월하여 혈연의 외침으로 우리의 공감대를 울려 주기에 충분한 문화적 유산이다. 그러므로 오늘을 사는 우리들은 조상의 얼이 담긴 옛

문헌을 잘 간직하여 먼 후손들에게까지 길이 이어주어야 할 사명감을 가져야 할 것이다.

고전 문학, 특히 국문학(國文學)을 규정하는 기준이 국어요, 나라 글자라면 우리 민족의 생활 감정을 표현한 국문 작품이야말로 진정한 국문학이 된다 할 것이다.

그러나 우리 고유 문자의 탄생은 오랜 민족 역사에 비해 훨씬 후대에 이루어졌다. 이 까닭으로 우리 민족은 일찍부터 외국의 문자, 즉 한자가 들어와서 사용했다. 이처럼 우리 선조들이 고유 문자가 없음을 한탄할 때에, 세종조에 와서 마침 인재를 얻어 훈민정음이 창제되었다. 하지만 여전히 한자가 독보적인 행세를 하여 이 땅에 화려한 꽃을 피웠다. 따라서 표현한 문자는 다를지언정 한자로 된 작품도 역시 우리 민족의 생활 감정을 나타낸 우리의 문학 작품이다. 이러한 귀결로 국·한문 작품을 '고전 문학'으로 묶어 함께 싣기로 했다.

우리 글이 창제된 이후에도 우리 선조들의 손으로 쓰여진 서책이 수만 권에 달한다. 그 가운데에서 국문학상 뛰어난 몇몇 작품을 선정하는 것은 물론 산재해 있는 문헌의 자료를 수집하기 위해 숨어 간직되어 있는 작품을 찾아내는 것도 여간 어려운 일이 아니었다. 그럼에도 이만한 성과를 거두고 이만한 고전 문학 작품을 추리는 것은 현재를 삼는 우리의 당연한 책임이자 의무이다. 다만 한정된 지면과 미처 찾아내지 못한 더 많은 작품이 실리지 못한 것이 아쉬울 따름이다.

엮은이 씀

# 차례

# 숙향전

중국 송(宋)나라 때에 천하 제일의 명공(明公)이 있었으니, 성은 김(金)이요 이름은 전(佺)이라 하더라.

그의 집안은 대대로 명문거족(名門巨族)이라, 부친 운수선생(雲水先生)은 도덕이 높은 선비로서, 공명(功名)에 뜻이 없어 산중에 은거하여 세월을 보냈으니, 천자(天子)가 그 소문을 들으시고, 신하를 보내어 이부상서(吏部尙書)의 벼슬을 주며 불렀으나 종시 조정에 나오지 않고 산중에서 일생을 마치니, 집안이 처량하더라.

그의 아들 김전이 또한 문장이 빼어나서 이태백(李太白)과 두보(杜甫)를 압도하고, 글씨는 왕희지(王羲之)와 조화보를 무색하게 할 정도라, 그에게 배우려는 선비들이 구름 모이듯이 따르더라.

하루는 동학에 사는 친구가 호주부(湖州府)로 벼슬하여 부임하게 되었으므로 10리 밖까지 전송하려고 술대접을 하고 반하물〔半河水〕 강가에 이르렀으니, 때마침 여러 어부들이 큰 거북을 잡아서 불에 구워 먹으려고 법석대었으니, 김전이 수상히 여기고 자세히 본즉 그 거북의 이마 위에 하늘 천(天) 자가 있고, 배 위에도 역시 하늘 천 자가 있더라. 김전은 그 거북이 비상한 영물임을 알고 당부하기를,

"이 거북은 영물이니 물에 놓아 살려주시오."

그러자 어부들이 말하되,

"우리가 종일 고생 끝에 이 거북 하나를 잡았는데 어찌 놓아주겠소?"

하고 듣지 않았으니, 이때 거북이 김전을 보고 눈물을 흘리면서 죽을 목숨을 슬퍼하는 형상을 짓더라. 김전은 갖고 있던 술과 안주를 어부에게 주고 그 거북을 사다시피 바꾸어 받아서 다시 강물에 넣어 주었더니, 거북이 기쁘게 물 속으로 들어가면서 감사한 형용으로 김전을 돌아보더라. 김전이 친구를 전송하고 돌아오는 길에 그 강을 건널 때에 갑자기 심한 풍랑이 일어서, 다리가 무너지고 배가 뒤집혀서 사람들이 물에 빠져 죽었고, 김전도 물에 빠져서 죽을 지경에 이르더라.

이때 김전의 앞에 홀연히 꺼먼 널빤지 같은 것이 떠오르거늘, 김전이 그 널빤지 위에 올라타서 겨우 피란을 하였으나 알고 보니 그것은 큰 물짐승이었는데, 네 굽을 허위대며 물 위를 살같이 빠르게 달려서 순식간에 건너편 강 언덕에 다다라서 무사히 육지에 오르게 되더라.

'아, 이 짐승이 필경 앞서 구해 준 거북이가 저 살려준 은혜를 갚고자 나를 구해 주었구나.'

하는 생각으로, 김전은 그 거북이에게 고마와하자 거북의 입에서 말 대신으로 안개 같은 것을 토하며 그 광채가 무지개 서듯

이 황홀하더니, 이윽고 그 황홀한 기운이 사라지는 동시에 거북도 홀연히 없어지고, 그곳에 새알 만한 진주(眞珠) 구슬 두 개가 놓여 있었으니, 김전이 더욱 기이하게 여기고 두 손 위에 놓고 자세히 보니 구슬 가운데 오색의 광채가 찬란한데, 한 개에는 목숨 수(壽) 자가, 한 개에는 복 복(福) 자가 선명히 보이더라.

'거북을 살려준 인연이라 하지만 기이한 일이로다.'

김전은 그런 생각을 하며, 그 구슬 두 개를 갖고 집으로 돌아오니라. 이때 김전의 나이 20세였으나, 집이 빈한해서 장가를 들지 못한 총각 신세이더라.

형초(荊楚) 땅에 사는 장희라는 사람이 공명에 뜻이 없어서 벼슬을 탐내지 않고 있었으나, 본디 지체가 공후(公侯)의 자손이라 집이 부유하며, 슬하에 무남독녀를 두었는데, 낭자의 사람됨이 뛰어나고, 재주와 용모가 어질고 아름다와서 양친이 장중보옥(掌中寶玉)[1]같이 아끼면서 사윗감 고르는데 여간 안목이 높지 않았으니 그러던 장희가 김전의 인품이 어질다는 소문을 듣고 청혼하여 왔고, 김전은 반하물 강가의 거북에서 얻은 진주로 예물을 보내고 약혼을 하였으나, 장모 되는 장희부인은 그 초라한 예물을 탓삼아서 평소의 뜻과 어긋난 불평을 남편에게 말하기를,

"공경대부(公卿大夫)들 집안에서 우리 딸에게 구혼하는 귀공자가 구름같이 모여드는데도 허하지 않으시더니, 왜 구태여 가난한 김전에게 허혼하시오. 이제 김전의 예물을 보니 그 빈한의 정도를 알겠으며 외딸의 평생이 걱정이외다."

---

1) 매우 사랑하는 자식이나 아끼는 물건을 보배롭게 일컫는 말.

"혼인은 인륜의 대사이매, 당신이 모를 말이오. 더구나 혼인에서 재물을 취하는 행위는 오랑캐의 풍습이 아니요? 그뿐 아니라 당신이 초라하게 여기는 그 폐물의 진주를 보니, 천금과 바꾸지 못할 보배요."
하고, 은방에 맡겨서 반지로 만들었더니, 광채가 황홀찬란하여 눈이 부셔서 보지 못할 정도였으니 좋은 날을 택해서 김전을 사위로 삼으니, 신랑 신부의 품격과 용모가 해와 달을 합한 것같이 황홀하더라.

장인 장희는 김전의 풍모를 보고 희색만면하여, '내 딸의 사위로는 도리어 과만하다' 고까지 말하고, 사랑함이 친아들 못지않았으니, 김전은 장씨를 아내로 맞자, 원앙이 푸른 물에 놀고, 비취가 연리지(連理枝)[1]에 깃들인 것같이 금실이 좋고 아름다왔으나, 그들이 결혼한 후 3년 만에 장희 부부가 모두 세상을 떠나매, 딸의 애통이 망극하였는데 김전은 장인 장모의 장례를 극진히 지낸 뒤에 조석의 제사를 공손히 받들더라.

이러저러 여러 해를 지났으나, 김전 부부의 슬하에 일점의 혈육이 없어서 서럽게 보내던 중, 어느 해 첫 가을 7월 보름날 밤에, 김전과 장씨는 부부 동반하여 누(樓)에 올라서 달구경을 하고 있었는데 이때 홀연히 공중에서 꽃송이가 장씨 치마 앞에 떨어졌으니, 이상히 여기고 자세히 보니 배꽃도 아니요, 매화꽃도 아닌데 높은 향기가 진동하더니, 문득 회오리바람이 불어서 꽃잎이 산산히 흩어져서 어디로 날아가 버리니라. 장씨는 마음에 그 꽃을 아깝게 여기고 집으로 돌아왔더니, 이날 밤에 이상한

---

1) 화목한 부부 또는 남녀의 사이를 일컫는 말.

꿈을 꾸었는데 꿈에 달이 떨어져서 황금 산돼지로 변해서 장씨의 품안으로 기어드는 바람에 놀라서 잠을 깨니 기이한 꿈이었기에, 잠든 남편을 깨워서 그 꿈 이야기를 알리기를,

"어젯밤에 계수나무꽃 한 송이가 떨어져 뵈더니, 오늘 밤 꿈도 이러하니, 하늘이 우리의 무자(無子)함을 불쌍히 여겨서 귀자(貴子)를 점지해 주실 모양이오."

남편은 이런 해몽을 하고 기뻐하였더니, 과연 그 달부터 아내 몸에 태기가 있더라. 김전 부부는 크게 기뻐하며 아들 낳기를 기다렸더니, 10삭이 차매 장씨는 난산으로 고생하므로 김전은 의약으로 치료하며 순산을 빌었는데, 그러다가 마침 4월 8일에 기이한 향기가 풍기며 오색구름이 집을 둘러싸더니, 밤이 깊은 후에 선녀 한 쌍이 내려와서 말하되,

"집을 정히 소제하면 선녀(仙女)가 하강(下降)하실 거요."

하고, 장씨의 산실(産室)을 들어가니라. 김전이 바삐 나와서 노복(老僕)을 시켜 집 안팎을 소제하고 기다렸더니, 이윽고 오색구름이 집을 두르며 향기가 다시 진동하므로, 김전은 혹시 아내가 죽는 징조가 아닐까 하고 산실로 달려가 보니, 아내는 순산하고 산파 노릇을 한 두 선녀는 벌써 방문 밖에 나와 있었는데 금새 자취를 감추어 버리니라.

김전이 놀라서 황급히 방 안으로 들어가 보니, 아내 장씨는 기절하고 인사불성이었는데, 김전은 아내의 수족을 주물러서 한참 후에 정신을 차렸으므로 반색을 하고, 낳은 아이를 보니 옥골선풍(玉骨仙風)[2)]이 비범하게 탈속(脫俗)하였으나, 불행히

---

2) 살빛이 희고 깨끗하여 신선과 같은 풍채.

남자가 아니라 서운함을 금치 못하니라.

이 딸의 이름을 숙향(淑香)이라 하고, 자(字)를 월선궁(月仙宮)이라 하여 사랑하고 귀중히 함이 비길 데 없었느니라.

나이 다섯 살이 되매 자태가 더욱 아름다와졌으므로, 달에서 내려온 선녀의 태생임을 나타내었고 믿어졌더라. 보름달이 구름과 안개를 헤치고 창공에 걸린 듯 사람의 눈이 부시고, 목소리가 맑고 고와서 백옥을 산호(珊瑚)채로 두드리는 듯하니, 모든 일에 진선진미(眞善眞美)하매, 김전은 행여나 단명(短命)하지나 않을까 걱정하여 유명한 관상가 왕규를 청해다가 숙향의 사주를 보였더니,

"숙향아가는 세상 사람이 아니라 월궁항아(月宮姮娥)의 정맥이라, 장차 귀하게 되리로소이다. 다만 옥황상제께 죄를 지어서 인간으로 태어났사오매, 초분(初分)은 험하고, 그 후는 길하리이다."

이 말을 들은 김전은,

"우리의 집은 다행히 의식이 족한데 어찌 초분이 괴로우리요."

하니 의아하여 반문하기를,

"미리 정하지 못할 것은 사람의 팔자이옵니다. 아가씨는 5세에 부모를 이별하고 사방으로 유랑하다가, 20세가 되면 부모를 다시 만나 부귀영화하고, 이자일녀(二子一女)를 두고, 70세 때 하늘로 올라가리라."

김전은 이 관상가의 말을 믿지는 않았으나, 만일의 일을 걱정해서 숙향의 생년월시를 금실로 수놓은 비단주머니를 만들어서 채워 두니라.

이때 송나라의 국운이 불행해서 금나라가 반(叛)하여 황성(皇城)을 침노하려고, 먼저 형초 지방을 침범하였으니, 김전의 가족은 피란하다가 도중에서 도적을 만나서 재산이 든 행장을 전부 버리고, 김전은 숙향을 등에 업고 아내를 데리고 도망하기 바빴는데, 도적의 추격이 급해서 점점 가까이 몰려왔으므로 김전은 숙향을 업고는 도저히 빨리 도망할 수가 없었으니, 기진맥진한 그는 아내에게 이르기를,

"여보, 도적의 추격이 급하고 우리의 힘이 다해서 빨리 도망칠 수가 없으니 어찌하오. 우리가 요행히 살아나면 자식은 다시 만나보려니와, 만일에 우리가 도적에게 잡혀서 죽어 버리면 죽은 몸은 누가 거두며, 조상 제사는 누가 받들겠소. 혈육의 인정으론 야속하지만, 숙향을 여기 두고 우선 급한 화를 피하였다가, 다시 와서 데려가기로 합시다."

아내는 남편의 이 말을 듣고 망극하여 울며 애원하기를,

"나는 숙향이와 함께 죽을 결심이니, 당신이나 어서 빨리 피신하여 천금귀체를 보존한 뒤에, 우리 모녀의 죽은 몸이나 찾아서 거둬 주시오."

"당신을 버리고서야, 차마 어찌 나 혼자 피신하겠소. 차라리 함께 죽기로 합시다."

"그건 안 될 말씀이오. 대장부가 어찌 처자 때문에 개죽음을 하신단 말씀이오. 그러지 말고 어서 빨리 당신 먼저 피신하시오."

아내의 손을 잡고 또다시 주저하는 김전은,

"내가 당신을 어찌 버리고 가겠소."

하고 가려고 하지 않자, 장씨가 통곡하면서 기어이 단념하고 말

하기를,

"당신이 정 그러시다면, 절박한 심정이지만 그럼 숙향을 여기 두고 가십시다."

"자아, 어서 갑시다."

김전이 아내를 재촉하자 장씨는 표주박에 밥을 담아서 숙향에게 주면서 타이르기를,

"숙향아, 너 배고프거든 이 밥을 먹고, 목이 마르거든 냇가의 물을 떠서 먹고 잘 있거라. 우리가 내일 와서 데려가마."

어린 숙향은 어머니의 매정한 말에 발을 동동거리며 울며 애원하기를,

"어머니, 아버지. 나를 데리고 가요."

하니, 장씨는 어린 딸의 애원에 가슴이 메어지는 듯하고 정신이 아찔해서 말을 못 하다가 우는 소리로 또 달래기를,

"잠깐만 여기서 기다리면 다시 와서 데려가마. 울거나 큰소리 말고 있어야 한다. 큰소리를 내면, 도적이 알고 와서 잡아죽인다. 알겠지 응?"

그러나 숙향은 더욱 큰소리로 울면서 어머니에게 매달리며 가로되,

"어머니는 왜 나를 여기 버리고 나 혼자 도적에게 잡혀 죽으라 해요. 싫어요, 싫어요. 나를 데리고 가요."

하고 어머니 옷을 쥐고 놓으려 하지 않으니 장씨는 차마 그런 딸을 버리지 못하여 안고 울었는데, 김전도 마침내 통곡하면서 말하기를,

"형세가 급한데, 어찌 그애 하나 때문에 세 가족이 다 죽는단 말이오. 당신이 정 가지 않는다면, 나도 안 가고 여기서 함께

잡혀 죽겠소."

장씨는 천지가 망극하여, 마침내 옥가락지 한 짝을 빼어 숙향의 옷고름에 매어 주고 달래기를,

"숙향아, 울지 말고 여기 있으면 내가 곧 오마."

결심을 하고 뒤를 돌아보니, 도적은 벌써 저쪽에서 달려오고 있었으니, 김전이 황망히 장씨를 이끌고 가니 숙향이 통곡하며,

"어머니, 날 버리고 어디로 가요? 나도 데려가요."

하고 부르는 소리가 멀리 가도록 들리니 김전 부부의 간장이 녹는 듯이 저리고 아파 어두운 길을 허둥지둥 달아나니, 그 형상이 실로 참혹하더라.

도적이 와서 홀로 우는 숙향을 보고,

"네 아비 어미는 어디로 갔느냐? 간 곳을 알리지 않으면 죽여 버린다."

숙향은 부모 찾는데 놀라서 울면서도 정신을 차려서,

"나를 버리고 간 부모를 내가 어찌 알겠어요. 알면 내가 찾아가겠어요."

하고 애절히 울었으나, 도적은 잔인하게도 죽이려고 얼러댔으나 도적 중의 한 명이,

"몹쓸 제 아비 어미가 버리고 간 불쌍한 어린것이 배고파서 우는데 무슨 죄가 있다고 죽이겠느냐? 여기 이대로 두면 산짐승에게 상할 거다."

하고, 인정있게 업어다가 마을 앞에 두고 가면서,

"나도 자식이 이만한 것이 있는데, 참으로 가련하다. 네 부모가 너를 버리고 가면서 오죽 마음이 아팠으랴!"

하고 눈물까지 머금었으나, 숙향은 어디로 갈지를 몰라 부모만

부르고 길로 방황하매 그 정상을 보는 사람들이 불쌍히 여겼으며, 날이 이미 저물고 인적도 그쳤으니, 배고프고 갈 바를 몰라서 덤불 밑에 엎드려 우니라.

그때 문득 황새 한 떼가 하늘에서 날아오더니, 날개로 덮어 주었으므로 춥지는 않았으나 배가 고파서 견디지 못하니, 이윽고 원숭이떼가 아직 살아 있는 물고기를 갖다 주었으므로, 숙향은 반색하여 배가 부르도록 먹으니라.

이튿날 아침에 까치가 날아와서 숙향의 앞에 와서 오락가락하는 꼴이 어디로 인도하려는 기색 같으므로, 숙향이 울면서 그 까치를 따라서 고개 여럿을 넘어가니 어떤 마을이 있었는데, 숙향이 그 마을로 들어가니, 마을 사람들이 숙향을 보고서,

"어떤 아인데 혼자 방황하느냐?"

"우리 부모가 내일 와서 데려간다 하시더니, 지금껏 찾아오지 않아요."

하고 숙향이 울며 대답하였으므로 모두 가엾이 여기더라. 그들도 숙향의 얼굴이 고우므로 데려다가 기르고 싶어하는 사람이 많았으나, 병란(兵亂)이 급해서 피란할 때인지라 그리하지도 못하고, 다만 밥을 먹여 주면서,

"우리도 피란길이기 때문에 데려가지는 못하니, 이 밥을 잘 먹고 어디로든지 안전한 데로 가거라."

하더라.

각설하고. 일시 피신하였던 김전은 아내 장씨를 깊은 산 속에 감추어 두고, 살며시 산에서 내려와 숙향을 찾아갔으나 종적을 모르매 필경 죽었으려니 하고, 아내 있는 산중으로 돌아가는 수밖에 없더라.

"숙향이가 그 근처에 없으니, 필경 죽은 모양이오."

울면서 말하는 남편의 말을 들은 장씨는 통곡하다가 그만 기절할 지경이더라. 김전은 놀라서 아내를 위로하며,

"모두 운명이니 너무 설워 말아요. 아까 내가 죽었으리란 말은 나도 잘못한 낙망 끝의 말이었소. 어린것이 그 두고 온 장소에서 멀리 가지 못하였을 터이니 죽었어도 시체가 그 근처에 있을 것인데, 그것조차 없었으니 필경 누가 데려간 것이 분명하오. 왜 숙향이가 어렸을 때에 사주를 보인 관상가 왕규가 다섯 살 때에 부모와 이별한다고 하지 않았소. 그 말이 맞는 것이니 너무 상심치 마시오."

"가엾어라 숙향아, 내가 너와 함께 죽지 못한 것이 한이다. 여보 당신은 관상가의 말이나마 믿어서 죽지 않았으리라 하시지만, 그 애는 죽었어요. 요행히 살아 있을지라도 누구를 의지하고 살아가겠어요."

하고 혼절하니, 김전은 위로할 바를 몰랐으니,

"숙향이가 살아 있으면 앞으로 반드시 만나보리니, 당신도 왕규의 말을 믿어요."

하는 말로 위로하더라.

이 무렵에 숙향은 피란하는 사람들이 다 흩어져 가 버린 밤중에 천지가 괴괴히 적막하고 달빛만 처량한데 배고프고 슬퍼서 홀로 울고 있자니, 푸른 새가 나타나서 앞을 인도하자 숙향이 그 푸른 새를 따라서 한 곳에 이르러 본즉, 큰 전각(殿閣)이 으리으리하고 풍경 소리가 은은히 우니라.

홀연히 청의(青衣)의 소녀가 그 전각에서 가만히 나와서, 숙향을 안고 들어가서 높은 집의 고운 자리에 놓으니, 숙향이 놀

라는 눈으로 본즉, 한 부인이 화관(花冠)을 쓰고 칠보단장으로 황금교의에 앉았다가 숙향을 보고 황망히 자리에서 내려와서 동편에 놓인 백옥교의로 자리를 옮겨 앉았는데, 숙향이 그냥 울고만 있으니 부인이 입을 열어,

"선녀가 인간 세계에 내려와서 더러운 물을 많이 먹어서 정신이 상하였으니, 선약 경액(瓊液)을 쓰도록 하라."

부인의 명을 받은 시녀가 경액을 만호종에 가득 부어서 주니, 숙향이 그것을 받아서 마시며, 흐렸던 정신이 선명해지며, 전생의 월궁(月宮)의 선녀로 천상(天上)에서 놀던 일과, 인간 세계에 내려와서 부모를 잃고 고생한 일이 역력히 회상되니, 몸은 비록 아이지만 마음은 어른이라. 머리를 들어서 부인에게 사례하기를,

"제가 하늘에서 죄를 얻어서 인간으로 내려와 고초를 당하던 중, 부인께서 이처럼 데려다가 관대히 대해 주시니 감사하옵니다."

"선녀는 나를 아십니까?"

"제가 멀리 나와 고생을 한 탓으로 정신이 혼미하여 알아뵙지 못하오니 황송하옵니다."

"나는 후토부인이로소이다. 선녀가 인간에 내려와서 고초이단(苦楚異端)이시매, 원숭이와 황새와 파랑새를 보내었더니, 그것들을 보셨나이까?"

"모두 보았삽거니와, 부인의 은혜 백골난망이오라 천상(天上)의 죄를 속(贖)하옵고, 부인 좌하(座下)의 시녀가 되어 은혜를 갚고자 하옵니다."

"선녀는 월궁소아(月宮小娥)라, 불행하여 지금 인간으로 잠시

귀양살이를 하지만, 70년의 고락을 지내시면 다시 천궁(天宮)의 쾌락을 받으실 것이니, 서러워하지 마소서. 오늘은 달이 저물었고, 오신 길이 머온지라, 오늘은 나와 함께 머무시고 내일 돌아가소서."

하고 좋은 음식과 풍악을 갖추어 대접하니, 인간 세상에 보지 못한 풍류더라. 부인이 경액을 권하니, 숙향의 정신이 상쾌 총명해져서 천상의 일만 기억되고, 인간 세사(世事)는 깨끗이 잊혀졌으니, 숙향이 후토부인에게 묻기를,

"듣자오니, 명사계는 시왕(十王)[1]이 계시다 하더니 정녕 그렇습니까?"

"그렇소이다."

숙향의 물음에 후토부인이 대답하기를,

"인간의 부모를 시왕전에 있으면 만날 수 있겠습니까?"

"선녀의 부모는 인간으로 그저 계시거니와, 옥황상제의 사람이 아니라, 봉래산 선관(仙官) 선녀로서 인간으로 귀양 내려갔사오니, 기한이 차면 다시 봉래로 가시니 이곳에 계실 리는 없사옵니다."

"인간 세상으로 나가면 다시 부모를 찾아볼 수 있겠습니까?"

인간으로 태어난 숙향의 말인지라, 후토부인은,

"월궁의 선녀로 계실 때는 상제님께 득죄하여 억울하게 되었더니, 규성(圭星)이란 선녀가 옥황님께 득죄하여 인간으로 내려와서 장승왕의 부인이 되었사오니, 선녀도 그 댁으로 가서 전생의 은혜를 갚고, 바야흐로 때를 만나 귀히 되고 부모를 만날 것

---

1) 저승에 있다고 하는 십대왕. 각 왕의 거소를 거쳐, 사바 세계에서 저지른 죄의 판결을 받고 그 결과에 의해 내세의 갈 곳이 정해진다고 함.

이니, 앞으로 15년 이후 되오리다."

"인간의 고행(苦行)을 생각하면, 일각이 삼추 같사온데 15년을 어찌 지내리까. 차라리 죽어 말고자 하옵니다."

"이것은 천명(天命)이라, 천상에서 득죄하여 받는 바이어니와, 다섯 번 죽을 액을 겪고서 생전의 죄를 속한 후에 인간의 영화를 보실 것입니다."

이윽고 금계(金鷄)가 울고 날이 밝아 오니 부인이 황급히,

"선녀를 모시고 말씀이 무궁하오나, 가실 곳이 머옵고 때가 늦어가니 어서 가소서."

"때는 늦어가나, 인간 길을 모르오니 누구의 집으로 의탁해 가오리까?"

"그건 염려 마소서. 선녀가 가실 길은 내가 알리오리다. 장승상 댁으로 먼저 가소서."

"장승상 댁이 여기서 얼마나 되나이까?"

"3천 300리지만 그건 염려 마소서."

하고 부인은 화분에 심은 나무 한 가지를 꺾어서 흰사슴의 뿔에 매고서 다시 말하되,

"이 사슴을 타면 순식간에 만리라도 가시리니, 시장하시거든 이 열매를 가지고 가소서."

숙향이 부인에게 사례하고 사슴의 등에 올라 타니, 그 사슴이 한번 굽을 치고 달리자 만리 강산이 번개같이 눈앞을 지나가니라. 가는 새 없이 한 곳에 이르니 사슴이 더 가지 않고 발을 멈추고 서므로 숙향이 사슴의 등에서 내리자 배가 고팠으므로, 부인이 준 열매를 먹으니 배가 부르고 천상의 일이 일시에 잊혀지고, 마음도 다시 인간으로 돌아와서 타고 왔던 사슴이 물지나

않을까 하는 생각조차 들기 시작하였으며, 그곳은 초목이 무성하여 어디로 갈지 길도 없으므로, 잠시 모란나무에 몸을 기대고 졸더라.

알고 보니 이곳은 흠남군(欽南郡) 땅의 장승상 집의 동산이었으며, 장승상은 한(漢)나라의 장량(張良)의 후손이라 일찍이 벼슬하여 명망이 조정에서 으뜸이라. 40 전에 승상이 되어 부귀공명이 일국에 제일이더니, 시종조(時宗朝) 때에 간신의 모함을 만나서 사직하고 고향으로 돌아와서 한가로운 세월을 보내었으니, 슬하에 일점 혈육이 없어 항상 슬퍼하다가 승상이 하루는 꿈을 꾸었더니, 선녀가 구름을 타고 하늘에서 내려와서 계화(桂花) 꽃 한 가지를 주면서,

"전생의 죄가 중해서 무자(無子)하게 하였더니, 이제 이 꽃을 주매 잘 간수하라. 그러면 이 뒤에 좋은 일이 있을지라."

놀라서 깨 보니 꿈이었는데, 부인을 불러 꿈 이야기를 하고,

"우리 부부 무자하여 쓸쓸하더니, 이제 하늘이 자식을 점지하시는 모양이오. 그러나 우리 나이 50에 어찌 생산을 바라겠소?"

하고 한탄하였으나 집 위의 하늘에는 오색의 안개가 어리어 있었고 기이한 향기가 집안에 가득하매, 승상이 다시 이상히 여기고,

"이때가 겨울이라. 오색 안개가 어리고 꽃이 피어 향내를 풍길 계절이 아닌데, 꿈처럼 이상도 하오."

하고 청려장(靑藜杖)[1]을 짚고 뒷동산에 올라서 주위를 살펴보니

1) 명아주 대로 만든 지팡이.

모란포기에 새 잎이 피어나고 있는데, 그 밑에서 어린 소녀가 잠을 곤히 자고 있자 승상이 놀라서 부인과 시녀를 부르는 소리에 그 잠자던 소녀가 깨어서 울기 시작하니 장승상이 그 소녀 앞으로 가서,

"너는 어떤 아이인데, 이 동산에서 혼자 자고 있느냐?"

숙향은 반갑기도 하고 겁도 나서 울며 말하되,

"저는 부모를 잃고 거리로 헤매던 중에 어떤 짐승이 업고 가다가 여기에 두고 간 모양입니다."

"네 나이가 몇 살이냐? 이름은 뭐냐?"

"나이는 다섯 살이요, 이름은 숙향이라 하옵니다. 우리 부모가 나를 바위틈에 숨겨 두고 가시면서, 내일 와서 다려가마 하시더니 오시지 않아서 울고 있습니다."

장승상이 측은히 여기고 탄식하며,

"허어 부모 잃은 어린애로구나."

하고 부인을 불러다 보이니, 그 소녀의 모습이 꿈에 본 아이와 똑같았으므로 기뻐하며 말하되,

"이것은 하늘이 우리에게 자식 없음을 가엾이 여기시고 주신 아이이니, 집에서 기르고 싶소이다."

하고, 안고 들어가 음식을 먹이고 옷을 갖추어 귀엽게 기르더라. 어느덧 이태가 지나서 일곱 살이 되니, 숙향의 얼굴은 일월 같고, 배우지 않은 글에 능통하고, 수놓기를 잘하매, 승상 부부의 사랑이 친딸 이상이더라. 이러구러 열 살이 되니, 점점 기이한 재주를 나타내서 어른이 믿지 못할 일이 많았으니, 부인의 사랑과 신임이 두터워서 집안의 크고 작은 일을 모두 맡기매, 숙향이 모든 일의 전후 곡절을 잘 살피고, 늦게 자고 일찍 일어

나서 부지런하며, 승상부부를 친부모처럼 지성으로 섬기고, 여러 남녀 비복을 인덕으로 부리었는데, 승상부부의 의향은 어진 가문에서 숙향의 배필을 구하여 가문의 후사(後事)를 맡기려고 기회를 기다리더라.

그러나 장승상 집에 오래 있던 사향이라는 계집종이 숙향에게 큰 불평을 품게 되었는데, 그 전에는 사향이가 이 큰 집의 살림을 도맡다시피 모든 일을 감찰하여 재물을 속여 내고 하여 제 집도 부자 부럽지 않게 지냈으나, 숙향이 가사를 맡은 후로는 떨어진 뒤웅박[1]처럼 세도도 실속도 없어서 항상 불평을 품고 숙향을 해칠 기회만 노리고 있었는데 그럴 틈을 얻지 못한 사향은 그윽히 계략을 꾸미더라. 하루는 영춘당(迎春堂)에서 승상 부부를 모시고 잔치를 베풀고 있을 때, 홀연 저녁 까치가 날아와 세 번이나 숙향을 향하여 울고는 날아가 버리므로, 놀란 숙향은 마음속으로 불길하게 생각하니라.

'까치는 계집의 넋이라더니, 집안의 많은 비복 가운데 하필이면 내 앞에서 울고 가니 길조가 아니다.'

장승상도 역시 까치의 방정맞은 짓을 불쾌히 느끼고 괴이하게 생각하였는데, 잔치를 마친 뒤에도 승상은 근심에 잠겨 있으므로 부인도 또한 적이 염려되어 이날 사향이 승상 부부를 위하여 영춘당에서 잔치를 베풀고 봄경치를 구경한다는 소식을 듣고, 숙향을 해칠 좋은 기회로 이용하려고 결심하더라. 사향은 부인이 영춘당에 가서 없는 틈을 타서 부인 침소에 들어가서 옆방에 감추어 둔 승상의 장도(粧刀)와 부인의 금비녀를 훔쳐 내

1) 쪼개지 않고 꼭지 근처에 구멍만 뚫고 속을 파낸 바가지.

다가, 숙향의 방에 숨겨 두고 10여 일 후에 부인이 동네 잔치에 가려고 금비녀를 찾으니 그것이 감쪽같이 없어졌는데, 여러 곳을 샅샅이 찾았으나 나오지 않고, 그러는 동안에 승상의 장도까지 없어진 사실을 알게 되더라. 부인은 시녀들을 모두 불러놓고 어찌된 일이냐고 힐문하자, 이때 사향이 거짓 모른 척하고,

"마님, 무슨 일로 댁내가 이렇게 소요하옵니까?"

하고 물으니,

"큰 변고가 났다. 조정에서 대감께 내려 주신 장도와 내 혼인 때 빙폐(聘幣)[1]하신 금봉채(金鳳釵)[2] 비녀가 없어졌으니, 이 두 가지는 가중의 큰 보배인데 이게 웬일이냐?"

"저번에 숙향낭자가 마님 침소로 가기로 수상히 여겼삽는데, 혹시 그때 가져갔는지 알아보옵소서."

사향이 충복(忠僕)처럼 고자질하니,

"그럴 리가 있겠니, 숙향의 마음이 빙옥(氷玉)과 같거늘 그것을 속이고 가져다가 무얼 하겠느냐. 아예 그런 의심을 말아라."

부인은 오히려 사향을 나무라니,

"마님 말씀처럼 전에는 숙향낭자가 그렇지 않더니, 요사이 구혼하는 기미도 있삽고 나이도 점점 차 가매 자기 실속을 차리려고 그러한지, 저희들도 보기에 미안한 일이 많사오니, 마님이 하도 애지중지하시므로 감히 말씀드리지 못하였을 따름이옵니다. 좌우간 숙향낭자의 방을 찾아보소서?"

부인은 설마하는 생각을 하면서도 숙향의 침소로 가서 조용한 말로 물어보되,

---

1) 경의를 표해 드리는 예물.

2) 금으로 봉황을 새겨서 만든 비녀.

"내 금봉채와 승상님 장도를 잃었으니, 혹시 네 그릇에 있지나 않은가 찾아보아라."

깜짝 놀란 숙향은 의외의 부인 말을 원망스럽게 여기면서,

"소녀가 가져오지 않은 것이 어찌 제 방의 그릇에 있겠사옵니까?"

하고 모든 세간을 부인 앞에 내놓고 뒤져 보니, 과연 성적함 가운데서 금봉채와 장도가 들어 있었으니, 그때서야 숙향이 크게 놀라서 한 마디의 변명도 하지 못하거늘 부인이 성을 내며,

"네가 안 가져온 것이, 어찌 여기 들어 있느냐?"

책망하고 금봉채와 장도를 가지고 승상 앞으로 가서 사실을 고하기를,

"지금까지 우리는 숙향을 친딸같이 사랑하여 집안일을 모두 맡기고 혼인을 시켜서 후사를 위탁코자 하였더니, 역시 남의 자식은 할 수 없어요. 나를 이렇게 속이니, 어찌 분하지 않습니까?"

"허어 이런 것이 제게 소용도 없을 텐데 왜 가져갔을까?"

부인의 말에도 장승상은 믿으려 하지 않자 옆에 있던 사향이 출반하여 말하되,

"숙향낭자가 요새 와서는 전과 달라서, 혹은 글을 지어서 남자에게도 주며, 부정한 일도 많사오니 그 변심을 저도 모르겠습니다."

이 사향의 말에 승상도 숙향의 소행에 크게 노하여 단을 내리기를,

"에잇 망측스럽구나. 그 애가 과연 나이가 찼으니 외인을 통간(通姦)하는 모양이구나. 이대로 집에 두었다가는 불측한 환이

있을지 모르니, 빨리 내어보냄이 마땅하다."

이때 숙향은 자기 방에서 통곡하며 머리를 싸매고 누워 있었으니, 부인이 가서 조용히 타일러 말하되,

"우리 팔자가 기박하여 자식이 없어서 너를 얻은 후로 매사에 기특하여 친자식처럼 고이 길러, 장차 적당한 혼인을 시키고 우리 후사까지 맡길까 하였더니, 네가 상한(常漢)의 자식인지 행실이 그럴 줄은 꿈에도 몰랐도다. 네가 이 집의 후사를 맡으면 황금이 수십만 냥이나 되니 생계에 지장이 없을 테요, 또 장도와 금봉채가 갖고 싶으면 나에게 달라면 아끼지 않고 줄 내가 아니냐. 비녀는 여자의 패물이니까 혹 욕심이 날지도 모르지만, 장도는 너한텐 소용도 없는 물건인데 왜 훔쳐다 두었느냐? 나는 너하고 깊은 정이 들어서 이번 일은 용서하지만, 승상께서 대단히 노하시니 어찌하랴. 노염이 풀리실 때까지 너 입던 옷가지나 가지고 근처 마을집에 가 있거라. 추후로 내가 승상께 조용히 말씀해서 도로 데려오도록 하마."

하고, 슬픈 마음을 진정하지 못하여 부인의 볼에 눈물이 비 오듯이 흘렀다. 숙향이 자리에서 일어나서 공손히 재배하고,

"제 전생의 죄가 중하와 다섯 살 때에 부모를 잃고, 동서로 구걸하여 밤이면 숲 속에서 자고, 배곯고 지치옴이 어찌 한두 번이었겠습니까? 불쌍한 인생이 부모를 찾지 못하고 밤낮으로 울고 지낼 적에, 하늘이 살리시려고 사슴에 태워다가 이 댁 동산에 두고 간 인연으로 승상님 양위의 사랑을 받고 금의옥식[1]으로 기르셨으며, 이 숙향이 죽더라도 그 은혜에 보답하여 제

1) 호화롭고 사치스러운 의복과 음식을 가리키는 말.

힘껏 정성껏 섬기려 하였더니, 천만뜻밖의 누명을 입었사오니 모두 제 팔자이오매 누구를 원망하오리까? 금봉채와 장도는 소녀가 가져온 바 결코 아니요, 귀신의 조화가 아니면 사람의 간교이오니 이제 발명하여 무엇하오리까? 마님 눈앞에서 죽사와 소녀의 백옥같이 청백한 마음을 표하고자 하옵니다."

억울한 말을 마치자 천지를 부르고 통곡하다가 칼을 들어서 자결코자 하거늘, 부인이 그러는 숙향의 기색이 조금도 어색하지 않고, 억울한 사연의 말에 진정이 나타나 있음을 깨닫게 되더라. 가만히 생각컨대 어떤 간사스러운 자의 시기로 숙향의 총애가 미워서 한 모함인가 의심하게 되었는데, 부인은 다시 숙향을 달래며 말하되,

"네 말이 당연하니, 내가 승상께 말씀드려서 좋도록 할 것이니 조급하게 죽으려는 생각은 버려라."

이때에 사향이 매우 조급한 태도로 와서 전갈하되,

"승상님의 명으로 마님께 전갈하옵니다. 숙향의 행실이 불측하기로 내쫓으라 하였는데, 뉘라서 내 명을 거역하고 지금까지 머물러 두었느냐고 어서 빨리 내쫓으라는 분부이옵니다."

부인도 하는 수 없이 눈물을 흘리고 숙향에게,

"숙향아, 승상의 노기가 풀리실 동안만, 잠깐 문밖의 늙은 상노집에 가서 기다려라. 내가 조용히 말씀해서 너를 데려오겠다."

그러나 숙향이 사양하고,

"부인의 은혜를 백골난망이오니, 죽은 후에도 다 보답하지 못할 것이 원한이옵니다."

하고 칼을 들어서 또 죽으려고 하거늘 부인이 황급히 숙향의 손

을 꼭 잡고 울면서,

"너로 하여금 이렇게 괴롭게 한 것은 내가 경하게 말한 죄다. 내 마음을 살펴서, 죽느니 사느니 하는 것은 그만두어 다오."

하고 애걸하다시피 무수히 달래었으나, 사향이 또 나서서,

"승상의 분부가, 숙향이 사족(士族)의 자식 같으면 그런 행실을 할 리가 없지만, 기생의 자식인 모양이니 일시가 바쁘게 쫓아내라 하시며, 집에 두면 필경은 큰 화를 볼 것이니 일시도 더 집에 두지 말라 하셨습니다."

부인은 더욱 당황해서 계집종 금향을 명하여 숙향의 의복 내어 주라 하고 눈물을 주르르 흘렸다. 숙향이 울면서 비로소 참았던 말을 하더라.

"요전에 영춘당에서 저녁까치가 제 앞에서 세 번이나 울더니 이런 억울한 일을 당하오니, 이것은 하늘이 소녀를 죽이심이니, 어찌 천의(天意)를 거역하오리까. 다만 부모와 이별하올 적에 옥지환 한 짝을 주었으니, 그것이나 제 부모 본 듯이 가져가겠나이다. 의복은 갖다 무엇하오리까."

부인은 그 참혹한 모양을 차마 볼 수 없어서, 승상한테로 가서 말하되,

"내가 이제서야 생각이 나오이다. 금봉채와 장도는 내가 갖다가 숙향의 방에 두었던 것이었는데, 정신이 없어서 그것을 까맣게 잊고 있었던 탓으로 이제 숙향에게 억울한 누명을 씌워서 쫓아내라 하시니, 숙향이 저도 모르는 일이라 변명할 길이 없어서 죽으려 하니, 이런 잔인한 일이 어디 있겠습니까? 승상은 내 잘못으로 생긴 이 일을 용서하시고 다시 돌려 생각하소서."

"허허 당신도 노망하였소. 당초에 그런 줄 알았으면 가엾은

숙향에게 왜 억울한 누명을 씌워서 내쫓겠소. 사실이 그러하면 더욱 숙향이가 애처러워 어찌할지 모르겠소."
하고, 잠시 후에는 도리어 부인을 위로해서 조용한 말로,
"내가 지난밤에 꿈을 꾸었는데, 앵무새가 복사꽃 가지에 깃들였는데 한 중이 와서 도끼로 꽃가지를 베어 버리매, 앵무새가 놀라서 달아났소. 이것이 무슨 징조인지 몰라서 오늘 종일토록 마음의 보배를 잃은 듯하여 매우 울적하니, 당신은 술상을 갖다 나를 위로해 주시오."
"그런 꿈을 꾸셨어요?"
하고, 부인은 시녀를 시켜서 주찬을 차려다가 승상의 울적한 마음을 위로하더라.
이리하여 승상과 부인이 숙향을 용서하고 다시 집에 두려는 눈치를 알고, 사향은 곧 숙향의 방으로 달려가서,
"승상께서 너를 그대로 두려는 마음을 대책하시고, 나더러 시급히 너를 내보내라 하시니 어서 나가거라."
하고, 성화같이 독촉하더라. 숙향이 울면서,
"부인께 하직 인사나 여쭈고 가겠다."
그러자 사향이 큰소리로 꾸짖되,
"흠, 염치도 좋구나. 좋은 의식에 싸여 있으면서 그런 배은망덕의 몹쓸 짓을 하고도, 지금 또 무슨 면목으로 마님께 하직 인사를 드리겠다는 거냐? 마님 역시 승상님 꾸중을 들으시고 너에게 노해 계시니 다시는 너를 보려 하지도 않으실 거다. 어서 빨리 이 댁에서 나가거라."
하고 숙향의 손목을 잡고 끌어 내었으므로, 숙향은 부인에게 하직 인사도 못 하고 쫓겨 가는 것이 더욱 망극해서, 사향의 손을

뿌리치고 자기 방으로 들어가서 손가락을 깨물어서 하직 인사의 사연을 혈서로 쓰고 눈물을 흘리며 나오니, 사향의 성화 같은 재촉이 발이 땅에 붙지 못하도록 몰아치매 천지가 망망하여 동서를 분별할 겨를조차 없더라. 어디로 가야 좋을지 방향을 모르고 어리둥절하자 사향이 또 표독스럽게,

"승상께서 네가 이 댁 근처에도 있지 못하게 하라신다. 썩 먼 곳으로 가서 그림자도 다시는 보이지 않도록 해라."

하고 등을 왈칵 밀어서 대문 밖으로 밀어내고 등뒤에서 대문을 덜커덕 닫아 버렸으니, 숙향의 눈앞이 캄캄해서 다만 부모를 부르며 정처없이 갈 적에 정든 승상의 집을 자주 돌아다보며 그 마을을 떠나가니라. 얼마쯤 간 곳에 큰 물이 앞을 막고 있었으므로 숙향은,

'마침 잘 되었다. 이 강물에 빠져 죽자.'

하고, 강가에 가서 하늘을 향해서 재배하고,

"박명한 이 숙향이는 전생의 죄가 중하와, 5세 때 부모를 잃고 낮이면 거리로 방황하다가 밤이면 숲 속에 의지하여 자오니, 외로운 단신이 의탁할 곳 없어서 눈물로 지내다가, 천행으로 장승상댁에 의탁하여 태산 같은 은혜를 입삽고 일신이 안전하옵더니, 참혹한 누명을 쓰고 축화(逐禍)를 입사오매, 이 이상 차마 더 살 수 없어서, 부모의 얼굴을 다시 보지 못한 슬픔을 머금고 물에 이 몸을 던지오니, 천지신명은 이 불행한 숙향의 누명을 벗겨 주시옵소서."

하고 슬피 우니, 그 광경을 왕래하는 행인들이 보고, 눈물 흘리지 않는 사람이 없으니 숙향은 한 손으로 치마를 추켜잡고, 또 한 손으로 옥지환을 쥐고서 강물에 뛰어들었는데, 수세(水勢)가

급한데다가 풍랑이 일어서 행인이 구하려 하였으나 구하지 못하고, 물에 빠져 부침(浮沈)[1]하며 떠내려가는 것을 탄식할 뿐이니라.

숙향이 물 속에서 허위적거릴 때, 문득 물 가운데서 매판만한 무엇이 나타났으므로 숙향이 그 위에 기어오르자 편하기가 마치 육지와 같았으니, 이윽고 오색구름이 일어나는 곳에서 양의 머리를 가진 소녀들이 옥피리를 불면서 연엽주(蓮葉舟)를 급히 저어 와서 말하기를,

"용녀(龍女)는 어서 그 낭자를 모시고 빨리 배에 오르시오."

하고 권하니, 매판이 변하여 고운 여자가 되더니 숙향을 안고서 배에 오르매, 소녀들이 숙향에게 절하고,

"낭자께서는 그 귀중한 천금지신을 가볍게 버리려고 하십니까? 우리 항아(姮娥)의 명을 받자와 낭자를 구하라 하옵기로 이리로 오던 도중에서 옥화수(玉和水)의 소녀들이 술레놀이 하자면서 잡고 놓지 않았기 때문에 진작 오지 못하였더이다. 진실로 용녀가 아니었으면 구하지 못하여 항아의 명을 어길 뻔하였습니다."

하고 또 용녀에게 사례하여 말하기를,

"용녀는 어디서 와서 이렇게 낭자를 구하였는가?"

"네, 그 전에 사해용왕(四海龍王)이 우리 수궁에 와서 잔치할 때에 내가 사랑하는 시녀가 옥그릇을 깨었으나 만일 벌을 받을까 두려워서 고하지 못하였더니, 마침내 그것이 발각되어서 부왕(父王)이 매우 놀라셔서 저를 반하물로 내쫓았는데, 마침 어

1) 물 위에 떠오름과 물 속에 잠김.

망에 쌓여서 어부에게 잡혔던 일이 있사옵니다. 천행으로 김상서를 만나서 구함을 얻고 그 은혜를 갚을까 하였으나, 수부(水府)와 인간이 다른고로 뜻을 이루지 못하고 있던 차, 이제 부왕이 옥황상제께 조회(朝會)[1]하시고, 옥황상제의 말씀을 듣사오니, 월궁소아(月宮小娥) 천상(天上)의 죄를 얻고 인간 김상서의 딸이 되어 반야산의 도적에게 죽을 액을 겪고, 화재도 만나고, 이후 낙양 옥중에서 사형을 지낸 다음에야 귀하게 되실 것이매, 그 월궁소아가 죽지 않게 하라고 물신령에게 분부하셨나이다. 그래서 제가 김상서의 은혜를 갚고자 그 따님인 월궁소아를 구하고자 자원해 왔사옵니다. 이제 선녀들과 함께 이 안전한 배에 계시게 되었으니 저는 안심하고 가옵니다."
하고 숙향에게 하직 인사를 하고 물 속으로 돌아가려고 하니, 아무것도 모르는 숙향은 그 구해 주고 가려는 여인에게 묻기를,

"당신은 물 위를 마치 평지같이 다니니 누구신지요?"

"저는 동해 용왕의 셋째 딸로서 이 표진강 용왕의 아내이온데, 예전에 당신의 부친께서 저를 구해 주신 은혜를 갚으려고 왔다가 가옵니다."

"아, 그렇습니까. 나는 어려서 부모를 여의고 고아가 되어서 의탁할 곳이 없어 남의 집의 시녀가 되었다가, 억울한 누명을 쓰고 분해서 이 물에 빠져 죽으려 하였더니, 이렇게 구제해 주시니 고맙습니다."

그러자 용궁의 여인이 상냥한 미소를 지으며,

"당신은 인간의 화식(火食)을 먹어서 우리를 잘 모르시는군

---

1) 모든 벼슬아치가 함께 정전에 모여 왕께 조현함.

요."

하고, 옆에 찼던 호로병(胡蘆甁)을 기울여서 차를 따라서 권하여 주면서 말하기를,

"이 차를 마시게 되면 아시게 되오리다."

숙향이 그 차를 받아서 마시니, 정신이 상쾌해져서 천상의 옛 기억이 역력해져서, 자기가 분명히 월궁소아로서 옥황상제를 모시고 있다가, 사랑하는 태을진군(太乙眞君)과 글을 지어 창화(唱和)[1)]하고, 월영단(月靈丹)을 훔쳐서 태을진군에게 준 죄로 인간 세계로 귀양갔던 기억이 역력하더라. 그리고 연엽주를 저어서 자기를 구하려고 달려온 선녀 같은 두 소녀는 월궁에서 자기가 부리던 시녀인 줄도 알게 되매, 서로 붙들고 대성통곡하여 마지않더라. 소녀들은 숙향을 위로하였으나, 숙향은 그 전의 하늘에서 시녀로 부리던 옛날 소녀들을 선녀로 대접하고 공손한 말로,

"우리 부모는 봉래산의 선관 선녀로서 옥황상제께 득죄하고 인간으로 내려와서 딸을 잃고서 간장을 녹이는 고통으로 천상의 죄를 속죄하도록 하심이니, 딸된 나로서 어찌 한이 되지 않으리까. 장승상 집에는 10년 간의 연분이 있으니, 더 있지 못하고 쫓겨 나왔습니다."

"그 집의 사향이란 계집종은 당신을 모해하여 누명을 씌운 죄로, 항아께서 옥황상제께 고하여 이미 벼락을 쳐서 죽였으므로, 당신의 억울한 누명은 장승상 부부도 잘 알게 되었겠지요. 그래서 당신의 뒤를 찾아 강가에까지 와서 찾다가 그냥 돌아갔으니, 이제 당신은 액운을 세 번 지낸 셈입니다. 앞으로도 두 번의 액운이 남아 있으니 조심하소서."

"아직도 무슨 무슨 액이 있다는 말씀이오?"

숙향은 깜짝 놀라며 묻더라.

"노전(盧田)에 가서 화재를 보시고, 낙양옥중에서 부친께서 죽을 액을 겪으시고, 그 뒤에 마침내 태을진군을 만나서 부귀영화를 누리실 것입니다."

"아아, 나는 이미 지낸 액도 천지망극한데, 앞으로도 두 번이나 액이 있다 하니, 어찌 살기를 바라겠소. 장승상 부인이 나를 다시 생각하시리니 다시 그 댁으로 가서 액을 면할까 하오."

"액운은 이미 하늘이 정하신 바니, 장승상 집으로 가서도 면하진 못하리다. 태을을 만나지 못하면 승상부인의 힘으로는 만나기가 아득하외다. 그러나 태을이 계신 곳이 3천 여 리나 되는 먼 길이외다."

"태을은 누구이며, 이승의 인간 성명은 무어라 하는지요?"

"항아님 말씀을 듣사오니, 태을이 낙양 북촌리의 위공(衛公)의 자제가 되어 일생 부귀를 누리게 되었다 하옵니다."

숙향은 그 말을 듣고 탄식하며,

"월궁에서 서로 같은 죄를 짓고서, 그는 어찌 부귀가 극진하고, 나는 어찌 이토록 고생을 겪어야 하는고. 더구나 그 태을 있는 곳이 여기서 3천 리라 하니, 그를 만나지 못하면 누구를 의지하며 그리운 부모를 언제나 만나뵈올까?"

하고 눈물을 비 오듯 흘리니라. 그러자 선녀가 이를 위로하여 말하되,

"그것은 근심 마시오. 육로로 가면 1년을 가도 못 가지만, 이 연엽주를 타시면 순식간에 득달할 것이오니, 또 천태산 마고선녀(麻姑仙女)가 당신을 위해서 인간으로 내려와서 기다린 지 오

래매, 의탁할 곳이 자연 있으니 염려 마시오."
하고, 배를 순풍에 놓으니 빠르기가 살과 같더라. 이윽고 어떤 곳에 배가 머무르고, 선녀들이 숙향에게,
"뱃길은 다 왔으니, 여기서 내려서 저쪽 길로 가시오. 그러면 자연 구할 사람이 있을 것이옵니다."
하고, 동정귤(洞庭橘) 같은 과실을 주면서 시장할 때에 먹으면 요기가 된다고 말하며 이별을 슬퍼하니라. 숙향이 배에서 내려 보니, 선녀들은 배와 함께 간 데 온 데 없이 홀연히 자취를 감추고 없었으니, 숙향은 신기하게 느끼고 공중을 향하여 사례하고, 선녀들이 가리킨 길을 향하여 걷더라. 이윽고 배가 고파서 과실을 먹으니 배는 부르나, 배 위에서 기억되던 천상의 이력은 아득히 잊혀지고, 인간으로서 고생한 일만 회상되니, 숙향은 스스로 생각하되,
'내 몸이 이만큼 장성한 여자라, 새옷을 입고 큰길로 가다가는 욕을 볼지 모르겠다.'
하고, 촌가에 들러서 고운 비단옷을 헌 옷과 바꾸어 입고, 얼굴에는 재와 흙을 바르고, 한 눈이 멀고 한 다리 저는 병신 거지 시늉으로 길을 걸어가니, 길가에서 그런 숙향의 꼴을 보는 사람마다,
"젊은 여자가 불쌍하게도 병신이구나."
하며, 희롱하려고 들지는 않더라.
각설하고. 이때 장승상 부인은 술로 승상의 울적한 심회를 위로하다가 승상의 취기가 거나하자,
"내 불찰로 숙향에게 애매한 누명을 씌워서 내보냈으니 얼마나 슬퍼하겠소. 어서 불러오도록 하시오."

승상의 말에 부인이 크게 기뻐하시고 시녀들에게 숙향을 불러 오라고 명하니, 사향이 승상 부부의 눈치를 알아채고 밖으로부터 황급히 들어오면서 수선을 피우며, 손뼉을 치면서,

"우리는 그런 줄 몰랐더니, 그럴 데가 어디 있어요?"

부인이 깜짝 놀라서 사향에게 묻기를,

"넌 무슨 일로 그렇게 경망스러우냐?"

"저희들은 숙향낭자를 양반집 출생으로 속았으나, 알고 보니 비천한 장사치 딸이었습니다. 아까 마님께서 승상 계신 곳으로 가신 사이에 제 방에 들어가서 무엇인지 싸 가지고 줄달음질로 도망쳐 가기에, 저는 그 가져가는 물건을 알기 위해서 따라 갔더니, 어찌나 빨리 달아나는지 잡지 못하였습니다. 그래서 제가 아무리 죄진 몸으로 도망치기 바쁘더라도, 은혜 입은 마님께 하직 인사라도 여쭈고 가는 것이 도리가 아니냐고 물었더니, 글쎄 그년 보십시오. 함부로 종알거리는 말투가, 마님이 저를 구박해서 내쫓는데 무슨 정이 있어서 하직 인사를 하느냐고 발악을 하지 않겠어요. 그리고는 어떤 행인 남자를 따라 가면서 온갖 욕과 비방을 하였습니다."

부인이 사향의 말을 듣고 크게 놀라면서, 그 애한테 직접 물어 볼 일이 있으니, 어서 빨리 불러오도록 하라고 하니, 사향은 하는 수 없이 대답하고 밖으로 찾는 체하고 나갔으나, 마을 집에 가서 앉아 있다가 시간을 보내고 돌아와서 천연스럽게 거짓말로,

"벌써 멀리까지 간 것을 제가 죽자 하고 좇아가서 마님 말씀을 드리고 데려오려고 하였으나, 숙향이가 입을 삐죽이면서, 내 얼굴과 재주로 어딜 간들 그만 의식을 못 얻겠느냐고 코웃음을

치면서, 악소년들과 정답게 손을 잡고 잡스러운 희롱을 하면서 가 버렸사옵니다. 저는 비록 천한 몸이오나 아직까지, 그런 행실을 보도 듣도 못하였습니다."

하고, 분해서 어쩔 줄 모르는 체하니라.

이때 대문 밖에서 누비옷 입은 중이 곧장 내당〔내실〕으로 들어오니, 얼른 보아도 태도가 비상하여 보통 산승(山僧)이 아니라, 승상이 부인을 옆방으로 보내고 몸을 일으켜서 중을 맞아서 당상으로 오르게 하니라.

"선사(禪師)는 어디서 오셨습니까?"

"소승은 옥황상제의 명을 받고 승상에 옥석(玉石)을 가리려고 왔소이다."

"내 집에 별로 옥석을 가릴 일이 없거늘, 선사께서 무슨 말씀이십니까?"

"승상께서는 숙향과 사향을 아십니까?"

승상이 아직 대답도 하기 전에, 사향이 쪼르르 달려나와서,

"숙향은 본디 빌어먹은 걸인이었는데, 승상과 부인께서 불쌍히 여기시고, 댁에 두고 금의옥식으로 길렀사오나, 행실이 불측스러워서 귀중한 보배를 훔쳐서 감추었다가 드러났으므로, 그뿐 아니라 그런 죄로 댁에서 쫓겨 나갈 때도 이 댁의 은공을 모르고 도리어 원수로 악담을 한 년인데, 임자는 어떤 중놈이기에 숙향이의 부축을 들고 감히 재상댁 내당에 들어와서 숙향을 위하여 무슨 시비를 따지겠다는 거요? 대감님, 이 중놈을 노복에게 잡아 내다가 쳐죽이도록 하십시오."

중이 허허 웃고 말하되,

"승상 내외분은 속일 수 있으나, 하늘조차 속일소냐! 네가 승

상댁 가사 맡아볼 적에 온갖 것을 도적질해서 네 집 재산을 만들다가, 승상 내외분이 3월 3일에 영춘당에서 잔치하는 사이에, 네가 부인 침소에 들어가서 금봉채와 장도를 훔쳐다가 숙향의 방에 숨겨 두고, 숙향이가 도둑질한 것처럼 꾸미지 않았느냐. 그런 간계로 숙향을 부인께 모함하여 승상 내외분을 속이고 허무한 말로 이간중상하여 마침내 숙향을 내쫓고, 그 후에 부인께서 숙향의 억울함을 동정하여 숙향을 불러오라 하시니, 너는 그러는 체하고 마을 집에 가서 앉았다가 돌아와서, 또 맹랑한 말로 승상을 속이지 않았느냐. 처음부터 끝까지 네 간악을 감추고 누명을 숙향에게 씌웠으나, 승상과 부인께서는 네 간악을 깨닫지 못하셨거니와 하늘이야 어찌 속이겠느냐?"

하고, 소매에서 작고 붉은 물건을 꺼내서 공중으로 던지니 즉시로 뇌성벽력이 진동하며, 갑자기 큰비가 쏟아지며 천지가 암담하니, 온 집안이 황황망조하여 어쩔 줄을 모르게 되니라. 노승이 뜰에 내려와서 하늘에 무어라고 하매, 이윽고 공중에서 집동 같은 불덩어리가 내려와서 사향을 벼락치니, 이 통에 온 집안 사람들이 기절하였다가 한참 만에 먼저 정신을 차린 부인이 울면서,

"사향이는 제 죄로 천벌을 받았거니와, 숙향은 어디로 가서 누구에게 의지하고 있는가? 불쌍하다, 무죄한 숙향은 필연 길로 방황해 다니면서 나를 생각할 거다. 내가 소홀히 생각하고 또 사향의 간악한 말을 곧이 듣고서 숙향을 내쫓았으니 모두 내 불찰의 탓이다."

하고 울면서 숙향의 방으로 들어가서 본즉, 방 안이 고요한데 오직 숙향의 혈서 한 장만 외로이 남아 있었는데, 그 글의 사연

을 보니,

'숙향은 5세 때에 부모를 잃고 동서로 유리하다가, 장승상댁에 10년을 의탁하니 그 은혜 하해(河海)같도다. 일조에 악명을 얻으니 차마 세상에 있지 못할 터이라. 유유창천[1]이여, 나를 가엾이 여겨서 누명을 벗기소서.'

이렇게 피로 써 있었느니라.

부인은 더욱 탄식하면서, 숙향이는 필경 죽었구나 생각하고, 승상에게 가서 호소하기를,

"숙향이는 사향의 모함으로 꼭 죽었을 것이니, 그런 잔인할 데가 없사옵니다."

"당신은 어찌 숙향이가 꼭 죽었으리라고 단정하오?"

승상도 뉘우치면서 부인을 위로하려고 하였으니, 부인이 그 증거로서 숙향의 혈서를 내보이자 승상도 측은히 여겨 마지않았으며, 때마침 승상의 당질[2] 되는 장원이 왔다가 이 말을 듣고서,

"어제 표진강가에서 멀리 보았는데 그 소녀가 숙향이었던 모양입니다."

하고 말하니, 장승상은 곧 노복을 보내어 찾게 하였으나 숙향의 종적은 묘연하고, 그곳 사람들의 말이 벌써 죽었다고 하므로 그냥 돌아와서 그대로 고하니, 부인이 더욱 슬퍼서 실성통곡하면서 숙향의 그 화월(花月) 같은 얼굴과 미옥(美玉) 같은 음성이 이목(耳目)에 선해서 잊지 못하여 음식을 전폐하고 주야로 슬퍼하자 승상이 근심한 나머지, 숙향의 화상을 그려서 위로하고자

1) 한없이 멀고 푸른 하늘.
2) 종질을 친근하게 일컫는 말.

유명한 화가를 청해 오라 하니라. 이 말을 들은 장원이,

"숙향이 10살 때에 저를 업고서 수정(水亭)에 가서 구경할 때, 장사(長沙) 땅에 있는 조적이라는 화가가 숙향의 얼굴을 보고서, 자기가 경국지색(傾國之色)[1]을 많이 보았으나 이 처자(處子) 같은 미인은 보지 못하였다면서 숙향의 얼굴을 그려 갔사오니, 그 사람에게 그 그림을 구하면 좋을까 하옵니다."

"그럼 네가 그에게 가서 구해 오라."

승상이 장원을 조적에게 보냈으나, 그는 벌써 그 화상을 다른 사람에게 팔았다고 대답하니라. 장원이 돌아와서 승상에게 그대로 고한즉, 승상은 곧 황금 100냥을 주면서 그 화상을 물러오라고 조적에게 당부하여 물러오게 하니라. 승상 부부는 그 화상을 받고서 숙향을 만난 듯이 반갑고 슬퍼서 눈물을 흘려 마지않으며 침실에 장식하고 조석으로 밥상을 차려 놓고 혼백을 위로해 주니라.

한편 숙향은 절름발이 걸음으로 걸어서 한 곳에 이르르매, 하늘에 닿을 듯이 높은 갈대가 무성한 끝도 없는 갈대밭이 앞을 막고 있었으니, 마침 날이 저물어서 갈대 숲에 의지하여 자는 둥 마는 둥하고 있다가 어느덧 밤중이 되어서 큰 폭풍이 불면서 난데없는 불길이 충천하매, 숙향이 어쩔 바를 몰라서 하늘을 우러러 재배하고 기도하니라.

"제 전생의 죄가 중하와 이승에 인간으로 태어나서, 어려서 부모를 여의고 천만 가지 고초를 겪으며 부모의 얼굴이나 다시 한번 만나보려고 구차한 목숨을 부지하려 하였삽더니, 이 땅에

---

1) 나라에서 으뜸가는 미인.

까지 와서 화재로 죽게 되었사오니, 명천(明天)은 살피사 부모의 얼굴이나 한번 보고 죽게 하여주십시오."

정성껏 기도하자, 홀연히 한 노인이 죽장을 짚고 와서,

"너는 어떤 소녀인데 이 밤중에 참화를 만나서 고생하느냐."

"저는 난중에 부모를 잃고 의탁할 곳이 없어서 동서로 유랑하옵다가, 길을 잘못 들어 이 땅에 와서 재화를 만나 죽게 되었사오니, 노인장께서 저를 구해 주시옵소서."

"그렇지 않아도 너를 구하려고 내가 왔으니, 화세가 급하기로 입은 옷을 다 벗어서 이곳에 놓고 몸만 내 등에 업혀라."

숙향이 노인의 말대로 입었던 옷을 다 벗어 버리고 노인의 등에 업힐 순간 불길이 벌써 등에 화끈화끈하니라. 그러나 노인이 소매 속에서 부채를 꺼내서 부치니 불길이 가까이 번져 오지 못하니라. 그리하여 화재를 면한 숙향은 노인의 은혜를 잊지 않겠다고 사례하려고 묻기를,

"필시 신선이신 노인장께서는 어디 계시오며 존함은 누구라 하시옵니까?"

"내 집은 남천문(南天門) 밖이고, 부르기는 화덕진군(火德眞君)이라 하거니와, 네가 어찌 4천 300리나 되는 나 있는 고장을 지나가겠느냐?"

하고, 홀연히 간 데 온 데 없이 사라져 버리니라. 숙향이 공중을 향하여 사례하였으나 젊은 여자로서 발가벗은 알몸으로 길을 갈 수가 없어서 망연히 울고 있을 수밖에 없었더니, 그때 홀연히 한 노파가 광주리를 옆에 끼고 지나가다가, 숙향을 보고 옆에 앉아서 묻기를,

"너는 어떤 처녀인데 해괴하게 길가에 앉아 있느냐? 너 어디

서 큰 죄를 짓고 이 꼴로 내쫓긴 것이나 아니냐? 남의 재물을 도적질하다가 내쫓겼느냐? 불한당을 맞아 옷을 약탈당하였느냐?"

"저는 본디 부모 없는 고아라, 부모에게도 내쫓긴 일은 없으나 자연 곤궁해서 이 꼴이 되어 오도가도 못 하고 앉아 있습니다."

"본디부터 부모가 없으면 세상 사람이 모두 네 부모로구나. 네 부모가 반야산에서 너를 버리고 갔는데 내쫓긴거나 무엇이 다르랴. 장승상 집에서 계집애 종과 금봉채 연고로 그 집을 나갔으니 쫓겨난 것과 무엇이 다르냐?"

하고, 무수히 조롱하기로 숙향은 자기의 과거사를 자세히 하는 노파에게 놀라서,

"할머니는 어떻게 내 과거를 그리 자세히 알고 있나요?"

"남들이 말하기로 듣고 알았으니, 너는 지금부터 어디로 갈 생각이냐?"

"갈 곳이 없어서 방황하고 있습니다."

"나는 자식 없는 과부니, 나하고 같이 가서 살지 않겠니?"

하고, 노파는 숙향의 마음을 떠 보니, 숙향은 반갑기도 하고 또 한편으로는 불안도 해서 울면서 간청하되,

"할머니가 끝까지 저를 버리지 않으시면 따라가오리다. 그러나 제가 벗은 몸이요, 또 배가 고파 민망하옵니다."

그러자 노파가 광주리에서 삶은 나물 한 뭉치를 내어주면서 먹으라 하므로 숙향이 그것을 받아먹었는데, 이상한 향내가 나고 배가 부르며 정신이 상쾌하더라. 노파가 웃으면서 자기 옷 한 가지를 벗어 입히고 어서 같이 가자고 재촉하니, 숙향이 노

파를 따라서 두어 고개를 넘어 가니, 마을이 정결하고 집집마다 부유하게 사는 고장이더라. 노파는 그 마을에서 제일 작은 집으로 들어가면서 본즉, 집은 작으나 매우 정결하고 아담하더라. 집에는 남자가 없고 다만 청삽살이 개 한 마리가 있을 뿐 그 개가 마중 나와서 숙향을 보고 꼬리치면서 반기는 듯하더라. 숙향이 이 집에 온 지 반달이 되도록 종시 병자인 체하고 있었더니, 하루는 노파가 타이르기를,

"너를 보니 얼굴이 가을달이 구름에 잠긴 듯하다. 그런 네가 정말로 병든 사람 같지 않으니 나를 속이지 말라."

숙향은 웃기만 하고 대답을 아니 하니라.

"내 집은 본디 술집이라 마을 사람들이 자주 출입하는데, 네가 그렇게 더럽게 하고 있으면 안 되겠으니 얼굴이나 씻고 있어라."

숙향이 오래 있어 보았으나, 이 술집이라는 집에 출입하는 남자는 없고 여자만 출입하고 있었으니, 숙향이 얼굴 단장을 다시 하고 의복을 갈아입고 수를 놓고 있을 때, 외출하였던 노파가 돌아와서 아주 고와진 숙향을 보고 퍽 기뻐하며 말하되,

"어여쁜 내 딸아, 전생에 무슨 죄로 광한전을 이별하고 인간에 내려와서 그처럼 고생을 겪느냐?"

"할머니가 나를 친자식처럼 여기시니, 어찌 숨길 수 있습니까. 난중에 부모를 잃고 의탁할 데가 없어서 유리하옵더니, 사슴이 업어다가 장승상집 뒷동산에 두고 가오매, 그 댁이 무자하여 나를 친딸같이 길러 주시더니 종계집 사향이란 애가 나를 모해하여 승상 내외께 참소되어 내쫓기고, 그 누명을 씻지 못하여 표진강 물에 빠져 죽으려 하였삽더니, 그때 연꽃 놀이하던 소녀

들의 구함을 받고, 처녀의 단행이 두려워서 거짓 병신꼴을 하고 정처없이 가다가 화재를 만났으나 요행히 화덕진군의 구원을 받았으며, 그 직후에 할머니를 만나서 나를 친딸같이 사랑하여 주시니, 나도 친어머니처럼 아옵니다."

노파가 이 말을 듣고 새삼스럽게 숙향에게 절하고, 낭자의 마음이 진정 그런가 하고 그 후로 더욱 사랑하니라.

숙향은 본디 총명하여 배우지 않아도 매사에 모를 것이 없으니, 수만 놓아서 팔아도 생계가 족하였으므로, 노파가 더욱 소중히 여기니라. 어느덧 이 집에 온 뒤로 해가 바뀌어서 춘삼월 보름날에 노파는 술 팔러 나가고 숙향이 홀로 집에서 수를 놓고 있을 때 파랑새가 날아와서 매화가지에 앉아 슬피 울고 있었는데, 숙향이 심란하여 혼자 탄식하되,

"새도 나처럼 부모를 잃고 우는가."

하고 창에 의지하여 잠이 들었더니, 문득 그 파랑새가 숙향에게 속삭여 말하니라.

"낭자의 부모가 모두 저기 계시니 나를 따라가시죠."

반가와서 잠을 깨어 그 파랑새를 따라서 한 곳에 이르르니, 연못가 백사장에 구슬로 대를 쌓고 산호기둥의 집을 지었는데, 호박(琥珀) 주추와 집의 모든 장치가 오색 구름같이 아로 새겨져 광채가 찬란하여 눈이 부셔서 똑바로 보지 못할러라. 숙향이 그 높은 집을 우러러 본즉 전각(殿閣) 위에 황금의 큰 글자로 요지(瑤池)[1] 보배라 씌어져 있었는데, 하도 집이 엄숙하여 감히 들어가지 못하고 문 밖에 서 있을 때, 층층대에서 오색구름이

---

1) 중국 곤륜산에 있다는 못. 선인이 살았다고 함.

일어나고 향기가 진동하며, 무수한 선관과 선녀 들이 혹은 학을 타고 혹은 봉황을 타고 쌍쌍이 집 안으로 들어가는데, 채운(彩雲)이 일어나며 대룡(大龍)이 황금수레를 끌고 가는데 이것은 옥황상제의 연(輦)[2]이라. 그 뒤에는 석가여래가 오신다 하고 오백나한(五百羅漢)이 차례로 시위(侍衛)하여 오는데, 각종 풍악과 향내가 진동하니라. 여러 행차가 지났으나 숙향을 본 체하는 이가 없더니 이윽고 한 덩이 구름이 일어나며 백옥교자에 한 선녀가 연꽃을 들고 단정히 앉으니라. 이것은 월궁항아의 행차라. 수레 위의 항아가 숙향을 알아보고,

"소아야, 너를 여기서 보니 반갑구나. 인간 고생이 어떠하더냐? 어서 나를 따라 들어가서 요지를 구경하고 가거라."

숙향이 파랑새를 앞세우고 항아를 따라 들어가니, 그 집의 형용이 찬란할 뿐 아니라, 팔진경장과 육각난 곳에 한 보살이 젊은 선관을 뒤에 거느리고 들어와서 옥황상제께 인사를 드리자 상제가 그 선관에게,

"태을아, 어디 가 있었느냐? 반갑다. 그래 인간 생활이 재미있더냐?"

하고 물으셨다. 그 다음에 항아의 인도로 소아〔숙향〕를 만나 보신 상제께 항아가 아뢰되,

"이 소아는 이미 죽을 액을 네 번 지냈으니 그만 천상의 죄를 용서하시고, 석가여래에게 수한(壽限)을 점지하시되 70을 점지하옵소서."

"칠성(七星)에 명하여 자손을 점지하되 2자 1녀를 점지하라."

---

2) 임금이 타는 가마의 하나. 덩 비슷한데 좌우와 앞에 주렴이 있고 헝겊을 비늘 모양으로 느리었으며, 채 두 개가 썩 길게 되었음.

상제가 분부코, 이어서 남두성(南斗星)에 명하여 복록을 점지하였더라. 그러자 남두성이 상제께 여쭈되,

"아들은 정승하고, 딸은 왕후가 되게 하나이다."

다음에 상제는 소아에게 반도(蟠桃)[1] 두 개를 주고 계화(桂花) 한 가지를 주시매, 숙향이 옥쟁반 위의 반도와 계화를 받아 들고 내려와서 태을에게 주자 태을 선관이 땅에 엎드려서 두 손으로 받아들고 숙향을 눈주어 보았으므로, 숙향이 당황해서 몸을 두루 가누는 바람에 손에 낀 옥지환에 박은 진주알이 빠져서 떨어지니, 태을이 몸을 굽혀서 그 진주를 주워 손에 쥐었더니, 숙향이 부끄러워서 돌아와서 어쩔 줄 모르는데, 문득 노파가 술을 팔고 집으로 돌아와서,

"숙향낭자, 무슨 잠을 이토록 자고 있나요?"

그 소리에 숙향이 꿈을 깨었으나 요지의 풍류 소리가 아직도 귀에 쟁쟁히 남아 있느니라.

"숙향낭자, 꿈에 본 천상의 광경이 어떠하던가요?"

"내가 꾼 천상의 꿈을 어떻게 알았어요?"

숙향이 깜짝 놀라서 물으니,

"파랑새가 낭자를 인도해 갈 적에 나에게 알려 주었기로 이미 알고 있었지요."

숙향이 이상히 여기면서 꿈 이야기를 자세히 아뢰니,

"그런 광경을 보고 그냥 지내면 잊어버리기 쉬우니, 낭자의 재주로 그 찬란한 광경을 수놓아서 기록해 두시오."

숙향이 좋은 생각이라고 곧 수놓아서 보인즉,

---

1) 선도(仙桃)의 한 가지로, 3천 년만에 한 번씩 열매가 연다고 함.

“어쩌면 이렇게도 재주가 놀라울까?”
하고 노파가 대단히 칭찬하니라. 그리고 훗날에 장에 가서 팔면 큰돈이 될 거라고 기뻐하였으나 숙향은 의아히 여기고,
“이 경치는 천금으로도 싸고, 이 공력은 백금으로도 싸지만, 이 진가(眞價)를 누가 능히 알아볼는지요?”
하고, 그 후에 장에 가서 팔려고 하였으나 과연 아무도 사려고 하지 않아서 단념하려던 끝에, 그림을 그리는 조적이 그런 것에 조예가 깊어 진가를 알기 때문에 반기면서 묻기를,
“이 수를 누가 놓았느뇨?”
“우리 집 어린 딸이 놓았사옵니다.”
노파가 숙향을 자기 딸이라고 하니라. 조적은 이어 묻기를,
“할머니는 어디 살며 누구신가요?”
“나는 낙양 등촌리 화정술집의 할미인데, 이 수는 딸이 놓은 진품이라 만금도 쌉니다.”
조적은 흥정 끝에 500냥으로 사 가니라. 노파가 그 돈을 받아 가지고 집에 돌아와서 숙향에게 수 판 이야기를 하자,
“인간에도 하늘 경치를 알아보는 사람이 있군요?”
하고 숙향이 감동하여 말하니라.
조적은 큰돈을 주고 수를 샀으나 재목이 없으므로, 명필에게 제목 글씨를 받아서 천하 보물을 삼으려고 두루 수소문한 끝에, 낙양 등촌리의 이위공의 아들이 글과 글씨로 이태백과 왕희지를 무색케 한다는 말을 듣고 그를 찾아가니라. 병부상서(兵部尙書) 이위공은 젊어서부터 문무겸전(文武兼全)[2]하여 명망이 사해

2) 문식(文識)과 무략(武略)을 다 갖춤.

(四海)에 떨치매, 황제가 칭찬하고 위공을 봉하고 국사를 맡기려 할 적에 그는 후래(後來)의 화가 두려워서 거짓병들었다고 하고 사양하고 고향으로 돌아갔으나 황제는 그의 충성과 재주를 아끼시어 마지않으니라.

위공은 고향으로 돌아와서 농업에 힘써서 가세가 넉넉하나 다만 슬하에 혈육이 없어서 슬퍼하더니, 어느 해 7월 보름날 밤에 부인과 더불어 완월루(玩月樓) 달구경을 하니라.

"내 공명과 부귀가 조정에 으뜸이로되, 자녀가 없어서 후사를 의탁할 곳이 없으니, 조상의 제사를 누가 이어받들겠소? 타문의 숙녀를 취하여 자식을 볼까 하니 당신은 서운히 여기지 마시오."

이위공은 자기 부인의 양해를 구하니, 부인은 그 말을 듣고 긴 한숨을 쉬며 탄식하니라.

"제가 박복하여 무자하니, 여러 부인을 맞으시더라도 어찌 불평을 하오리까."

그런 일이 있은 후에 부인은 부친인 왕승상의 친정으로 가서, 그런 사연을 자세히 고하되, 왕승지는 말하기를,

"무자한 죄는 죄 중에 가장 큰 죄다. 내가 들으니 대성사(大聖寺)의 부처가 영검[1]이 장하다 하니, 네가 가서 정성껏 빌어 보라."

왕승상의 말을 기쁘게 들은 왕씨는 길한 날을 택하여 목욕재계하고 친히 절에 가서 불전에 정성으로 빌었더니, 그날 밤의 꿈에 한 부처가 이르되,

---

1) 사람의 기원에 대한 신불의 영묘한 감응.

"전생에 죄 없는 사람을 많이 살해한고로 이승에서 무자하게 정하여 있었으나 그대의 정성이 지극하매 귀자(貴子)를 점지하니 빨리 집으로 돌아가라."

하였으므로, 왕부인이 집으로 돌아오매 이상서가 의아히 여기고 묻기를,

"며칠 더 친정에 있을 줄 알았더니 왜 벌써 돌아오셨소?"

"위공이 나를 무자라 탓하고 소박하려 하매, 산천기도 하고 돌아왔사옵니다."

"산천기도 정도로 자식을 얻는다면 세상에 무자할 사람이 어디 있소?"

하고, 상서는 탄식하며 부인의 경솔함을 가엾이 코웃음쳤으나 그날 밤에 취침중 상서는 한 꿈을 꾸었는데,

'천상은 태을진군이 옥황상제께 죄를 지었으므로 점지하여 그대에게 귀히 보중하라.'

하고, 그 말을 전갈한 신선이 홀연히 사라졌으니 이상서가 꿈을 깨고서 부인에게 말하기를,

"당신의 자식 비는 정성이 지극하여 내가 이런 꿈을 꾸긴 하였지만, 영검은 두고 보아야 알 일이오."

부인은 기뻐하면서 그제야 자기가 대성사에 아들을 빌어 치성한 사실을 고하고, 그 치성중에 얻고 돌아온 자기의 꿈 이야기도 하니라. 과연 그 달부터 태기가 있어서 이듬해 4월 초파일에 이르러, 상서는 마침 외출하고 부인 혼자 있을 때, 홀연히 오색구름이 집을 두르고 기이한 향기가 집 안에 가득찼으니, 부인이 좋은 징조로 생각하고 시녀들로 하여금 집을 청소하고 기다렸더니 오시부터 부인은 몸이 불편하여 침석에 기대었다. 이

웃고 공중에서 학의 소리가 나며, 선녀 한 쌍이 침실로 들어와서 재촉하기를,

"시각이 가까와 왔으니 어서 침석에 누으시오."

왕부인이 침석에 눕자마자 아무런 고통도 없이 이내 어린애 우는 소리가 들렸으니, 선녀가 옥병의 물을 따르며 어린아이의 몸을 씻어 눕히고 가려고 하니,

"당신은 어디서 온 누구온데, 이렇게 누추한 집에 와서 수고를 해주시니 불안하고 고맙소."

"우리는 천상에서 해산 가늠하는 선녀이오라, 옥황상제의 명을 받고 아기 낳으시는 것을 보러 왔삽고, 배필은 남군 땅에 있기로 그를 바삐 보려고 가는 길입니다."

"선녀님, 그러면 이 아이의 배필은 어떤 가문에서 나며 성명이 무어라 하옵니까?"

왕부인은 갓난아이의 아내감의 신분을 물으니,

"김상서의 딸로서 이름은 숙향이라 하옵니다."

하고 선녀들은 홀연히 흔적을 감추었으니, 부인은 필묵을 내어 선녀의 말을 기록해 두니라.

이날 상서가 꿈을 꾸니 하늘에서 선관이 내려와서 부인에게 벼락을 쳤으므로 놀라서 깨었더니, 그 꿈깬 순간에 황제로부터 부르시는 어명이 전갈되니라. 곧 조정으로 들어가서 황제를 뵙고, 간밤의 꿈에 신의 처가 벼락을 맞아 보였으니 궁금해서 돌아가 보겠다고 하니 황제가 상서에게 하문하기를,

"경의 부인이 잉태하고 있소?"

"네, 늦도록 자식이 없삽더니 홀연히 잉태하여 이 달이 산월이옵니다."

"아, 그럴 거야. 짐이 천기를 보고 낙양성에 태을성이 떨어졌으매 기이한 사람이 나리라 하였더니, 과연 경의 집에 경사로구료. 고이 길러서 경의 뒤를 이어 짐을 돕게 하오."

상서가 황공한 분부를 사례하고 집으로 돌아와 보니 부인이 과연 아들을 순산하고 있었으니, 상서가 크게 기뻐하여 급히 산실로 들어가 본즉, 어린아이의 얼굴이 꿈에 본 선관과 똑같아서 더욱 기이하게 놀라니라. 이름을 선(仙)이라 하고, 자를 태을(太乙)이라고 지으니라. 선이 낳은 지 5, 6삭에 벌써 말을 하고, 4, 5세에 글은 모를 것이 없었고 10세에 이르러서는 문장으로 천하에 이름을 떨쳐서 공경대부들 가문에서 다투어 구혼하였으나 선이 항상 희롱하는 말로,

"나의 배필은 월궁소아가 아니면 혼인하지 않는다."

하고, 주장하였으므로 병부상서 위공이 자부 간택에 여간 힘들지 않았으니, 선이 부친에게 여쭈되,

"나라에서 과거를 근자에 보인다 하오니, 한번 구경하고자 하옵니다."

하고 은근히 과거 볼 뜻을 표명하기로,

"네 재주는 과거를 볼 만하지만, 벼슬을 하면 몸이 나라에 매이게 되매, 우리가 너를 그리워서 어찌 쓸쓸하게 지낼 수 있겠느냐?"

과거 볼 뜻을 부친의 반대로 이루지 못하자, 선은 마음이 울적하여서는 근처의 산수 유람을 일삼았으니, 하루는 유람차 한 곳에 이르니 대성사라는 큰 절이 있었는데, 뜰에 들러서 난간에 의지하였다가 어느덧 잠이 들었는데, 꿈속에 부처가 이르되,

"오늘 왕모의 잔치에 선관과 선녀가 많이 모인다 하니 그대

나를 따라 구경하라."

선이 기쁘게 부처를 따라서 한 곳에 이르니 연꽃이 만발하고 누각이 층층이 높고, 눈에 띄는 모든 것은 장엄하여 이루 형언할 수 없었는데, 부처가 선에게 잔치장내의 광경을 가리키며,

"저 오색구름이 모인 탑 위에 앉으신 분은 옥황상제이시고, 그 뒤에는 삼태성이 모든 것을 거느리고 앉았고 동편의 황금탑 위에는 월궁항아시니, 모든 선녀들이 근신하고 있다. 그리고 서편의 백옥탑 위에 앉으신 분은 석가여래시니 모든 부처를 거느리고 계시다. 내가 먼저 들어갈 터이니 그대는 내 뒤를 따라 들어오라."

"하도 엄엄하여 동서를 구별치 못할까 겁부터 납니다."

부처가 웃고서 소매 안에서 대추 같은 붉은 열매를 주자, 선이 그것을 받아 먹으니 금시로 정신이 소연해지는 동시에, 자기는 천상의 태을진군이 인간으로서, 전에는 옥황상제 앞에서 매사를 봉승(奉承)[1]하던 일과, 월궁소아께 애정의 글을 지어 창화(唱和)하던 일과 약도적해서 주던 일이 역력히 회상되었는데, 거기 모인 선관들이 모두 옛날 천상의 벗들이라 반가움을 이기지 못하니라.

선은 옥황상제에게 사죄하고, 또 전생의 일이 그립게 생각난다고 하면서 모든 선관들에게 인사하자 모두 반겨하니 상제가 선에게 인간의 재미가 어떠냐고도 하문하니라. 선이 땅에 엎드려서 사죄하자 상제가 한 선녀를 명하여 반도 두 개와 계화(桂花) 한 가지를 주라 하시매, 선녀가 옥쟁반에 반도를 담고, 계화

---

1) 웃어른의 뜻을 이어받음.

한 가지를 들고 나오자 선이 땅에 엎드려서 받은 뒤에, 문득 선녀를 곁눈으로 보았는데 선녀가 부끄러워서 몸을 돌이킬 때에, 속에 낀 옥지환에 박은 진주가 계화가지에 걸려서 떨어지자, 선이 진주를 집어서 손에 쥐고 섰다가, 절의 종소리에 놀라서 깨고 보니 꿈이더라. 요지(瑤池)의 잔치 광경이 눈에 암암하고, 천상의 풍악 소리가 귀에 쟁쟁히 남아 있고, 손에는 아직도 진주가 쥐어져 있었는데, 선은 그 꿈이 매우 기이해서 글을 지어서 꿈에 본 정경을 그대로 기록하고, 부처께 하직한 뒤에 집으로 돌아오자 그 뒤로부터는 소아만 생각하니라.

하루는 동자가 밖에 남성 땅에 사는 사람이 선을 만나자고 청하고 있다고 알리니, 선은 불러들여서 만나자 한즉 그 사람이 절하고 나서,

"소생은 남성 땅에 사는 조적이라 하는 자이온데 한 개의 수놓은 족자를 구해 두었는데, 그 경치에 찬(贊)을 짓고자 하되 뛰어난 문장이 없어서 여의치 못하였나이다. 듣자오니 공자(公子)의 문필이 천하에 제일이라 하옵기에 불원천리하고 찾아왔사오니, 청컨대 한번 수고를 아끼지 마옵소서."

하고, 그 수를 놓은 그림 족자를 내놓았는데, 선이 받아서 본즉 자기가 꿈에 본 바로 그 선경이 역력히 그려져 있으므로 놀라서 묻기를,

"이 족자를 어디서 얻었나요?"

"공자는, 왜 이 그림을 보자마자 놀라십니까?"

하고 속으로 생각하기를, 그 노파가 혹시 이 집의 족자를 훔쳐다가 자기에게 판 것이 아닌가 의심스러워 말하되,

"허허, 참 이상한 일도 있군요. 실은 내가 일전에 본 것이니,

나를 속이지 말고 바른 대로 말하시오."

"난양 동촌리의 이화정에서 술 파는 노파에게 산 족자입니다."

"이것은 천상의 요지도(瑤池圖)이니 우리에게는 소용되나 그대에게는 필요 없을 테니, 다른 수족자와 바꾸어 주거나 중가(重價)를 주겠으니 팔고 가는 것이 어떠하오?"

선의 요구에 응한 조적은 600냥에 팔고 갔으므로 선은 자기가 지은 글을 금자로 그림 위에 쓰고 족자로 꾸며서 자기 방에 걸고 주야로 바라보니, 몸은 비록 인간으로 있으나 마음은 전부 요지에 있는 듯하니라. 그리고 오직 소아를 찾고자 하는 소원으로 초조하던 중에 하루는 스스로 깨닫고 혼자 중얼거리니라.

"나는 요지에 다녀왔거니와, 이 수를 놓은 사람은 어떻게 인간으로서 천상의 일을 역력히 그렸을까. 필경 비상한 사람이다. 이화정의 노파를 찾아서 수놓은 사람을 알아보리라."

하고, 부모에게는 산수유람으로 떠난다고 말하고, 노파를 찾아서 이화정으로 가니, 이때 마침 숙향이 누상에서 수를 놓고 있자니, 홀연히 파랑새가 석류꽃을 입에 물고 숙향의 앞에 와서 앉았다가 북쪽으로 갔으므로 숙향이 이 새가 역시 자기를 그리로 인도하는 것이나 아닐까 하고 발을 쳐들고 새 가는 곳을 바라보고 있었는데, 마침 한 소년이 청삼(靑衫)을 입고 노새를 타고 자기 집을 향하여 들어오고 있었으니, 숙향이 자세히 보니, 꿈에 요지에서 반도를 받아갈 제 가락지에서 빠진 진주알을 집어가던 신선의 얼굴과 같아 마음에 반가우면서도 한편으로는 짐짓 놀라와서 발을 내리고 조용히 앉아서 그 소년의 거동을 보고파서 나가 있었더니, 소년은 바로 그 집으로 와서 주인을 찾

는데 가서 보니 북촌의 이위공 댁의 귀공자라. 공손히 맞아 좌정한 후에,

"공자께서 어떻게 이 누추한 곳을 찾아 주셨습니까? 진실로 감격하오이다."

"유람차 지나다 들렀으니 한잔 술이나 아끼지 마오."

하고 웃더니 다시 말을 이어서,

"요지 그림을 수놓은 것을 할머니가 팔았다 하는데, 어떤 사람이 그 수를 놓았소?"

"그것은 소아라는 소녀가 놓았는데, 왜 물으십니까?"

"그 그림을 산 조적이란 사람에게 듣고 찾아왔소."

"그 소아를 찾아서 무엇하시렵니까?"

노파가 계속 캐어 묻되,

"천생연분이 있기에 찾으려는 거요."

"소아는 본디 전생의 죄가 중해서 병신이 되어서 귀가 먹고 한 다리 한 팔을 못 쓰는 위인이라 쓸모 없는 여아임에, 천생연분으로 구하는 것부터가 망계(妄計)입니다."

"나는 소아가 아니면 평생 혼인하지 않을 결심이니 어서 만나게 해주시오."

하고 선은 노파를 졸랐으나, 노파는 다시 말을 피하여,

"귀공자는 귀공자니까, 왕의 부마(駙馬)가 아니면 공경대부의 신랑이 될 것인데 어찌하여 그런 천인을 구하십니까? 그런 허황스러운 말씀은 다시 하지 마시오."

"만승천자(萬乘天子)[1]의 공주라도 나는 싫으니, 할머니는 소

1) 천자나 황제를 높여 일컫는 말.

아가 있는 곳을 알리시오."

"나는 소아를 본 지가 하도 오래 되어서 지금 있는 곳을 모르거니와, 남양 땅의 장승상 댁을 찾아가 보시오. 이승의 인간 이름은 숙향이라 하였습니다."

선은 노파의 말만 믿고 집으로 돌아와서 다시 거짓말로 여행할 것을 청하기를,

"형주 땅에 기이한 문장이 있다 하오니 소재(小才) 찾아가 보고자 합니다."

부친 위공이 대견히 여기고 허락하니, 선이 절하여 하직하고 황금을 말에 싣고 길을 떠나니, 그는 형주(荊州) 땅에 이르러 남양으로 향하여 여러 날 만에 김전의 집을 찾았다. 문전에 이르러 김상공이 계시냐고 묻자, 하인이 나와서 계시다고 대답하되,

"낙양 동촌의 이위공의 아들 선이 뵈오러 왔다고 여쭈어라."

주객의 인사가 필한 뒤에 김전이 선에게,

"귀한 손님이 누지에 오시니 고마우나, 무슨 일이오."

"제가 댁을 찾아온 것은 다름아니오라, 영녀(令女)의 향명(香名)을 듣고 구혼코자 하옵니다."

이 말에 주인 김전이 눈물을 머금고 대답하되,

"내 팔자가 기박하여 남녀간 자식이 없더니, 늙어서야 여아를 낳으매 위인이 남의 아이 못지않더니, 5세 때에 난중에 잃은 채 지금까지 생사를 알지 못하고 있소. 그러던 중 지금 그대의 청을 들으니 마음이 더욱 비창하오."

선은 하는 수 없이 김전을 하직하고 남군의 장승상의 집을 찾아가서 명함을 들었으며, 장승상이 청해 들여서 인사를 필한 후에 선이 먼저,

“저는 낙양 동촌의 이위공의 아들입니다. 남양 땅의 김전이라는 사람의 딸 숙향이라는 여자가 댁에 있다 하오매, 불원천리하고 구혼코자 왔습니다.”

장승상은 그 말에 벌써 눈물을 흘리며 슬픈 사정을 말하되,

“그 숙향이 5세 때에 짐승이 물어다가 내 집 동산에 버린 것을, 우리가 무자(無子)하기로 10년을 길러서 양녀로 삼았으나, 사향이라는 종년이 모함하여 내쫓았으므로, 숙향은 누명을 목숨으로 씻으려고 표진강 물에 빠졌기로 사람을 보내 구하려 하였으나 공적이 없었던 채 지금까지 생사를 몰라 슬퍼하고 있네.”

“제가 분명히 댁에 있음을 알고 왔으니, 그런 핑계로 거절하지 마시고 저의 구혼을 허락하여 주십시오.”

선은 장승상이 거짓말로 자기의 청을 피하려는 줄 알고 안타까와하니 장승상이 말하되,

“그게 무슨 말인가? 숙향이가 내 친딸일지라도 자네와 배필함이 과만하거늘 어찌 마다하여 핑계하겠는가. 이것이 모두 우리의 박복한 탓일세.”

“듣자오니 숙향이 병신이라 하는데, 사향이 비록 구박하더라도 어디로 멀리 갈 수 있겠습니까?”

선은 그래도 장승상의 말이 믿어지지 않았기 때문에 다시 추궁하더라.

“우리 집안에서 숙향을 잃은 뒤에 화상을 그려서 방에 걸었으니, 내 말을 못 믿겠거든 보게나.”

선이 부인의 방으로 인도되어 가서 보니, 한 폭의 화상이 걸려 있었으니, 선의 눈이 반가움에 끌려서 자세히 본즉 어디서

본 듯한 선녀의 자태더라. 그는 반가운 마음을 이기지 못하고,

"숙향이 병신이라더니, 이 화상은 이상이 없으매 괴이하옵니다."

"숙향은 본디 아무런 병도 없고 불구자도 아니며, 이 화상은 열 살 전에 그린 모습일세. 10세 후에는 자태가 더욱 고왔는데 병신이란 금시초문, 뜻밖의 말일세."

"승상님, 숙향을 찾아왔다가 그냥 가게 되었으니, 이 화상을 저에게 팔아 주시면 중가(重價)를 드리겠습니다."

장승상은 선의 정상이 딱하였으나 부인이 그 화상을 잃으면 섭섭해 할 것이 또한 염려되어 말하되,

"자네 정성이 지극하여 주고는 싶으나, 그것마저 없어지면 실인(室人)[1]이 실성할 것이매 그럴 수 없네."

선은 하는 수 없이 그냥 하직하고, 표진강 물가에 와서 그 근처를 두루 찾아보았으나 알 길이 없었는데, 그러던 차에 어떤 노인이 그때의 사정을 말해 주기를,

"수년 전에 모양이 아리따운 소녀가 장승상 댁에서 나와 이 물가에서 하늘에 사배(謝拜)하고 빠져 죽었소."

선은 숙향이 정녕 억울한 물귀신이 되었다가 슬프게 낙망하고, 향촉을 갖추어 제사를 지내자, 물 위에서 피리 부는 소리가 세 번 나더니, 한 청의동자(青衣童子)가 작은 배를 타고 피리를 불며 오더니 선에게,

"숙향을 보고자 하거든 이 배에 오르시오."

하고 전하기로, 선이 고맙게 여기고 그 배에 오르니 뱃길이 살

1) 자기의 아내를 일컫는 말.

같이 빨랐고, 한 곳에 다다르자, 동자가 다시 일러 주기를,

"이 물을 지키는 신령이 숙향을 구해서 동다하로 보냈다는 말을 들었으니, 그리로 가서 찾아보시오."

선이 사례하고, 동다하로 가는 도중에 한 중이 지나가므로 길을 물으니,

"여기서 조금 가면 감투 쓴 노옹(老翁)이 있을 것이니 그에게 물으면 알려 주리라."

선이 갈밭 속으로 가다가 보니, 소나무 아래의 바위 위에 한 노옹이 감투를 쓰고서 졸고 있었다. 선이 그의 앞으로 가서 절을 하여도 노옹은 본 체도 하지 않기에 선이 민망스러워하면서,

"저는 지나가는 행인이온데, 길을 몰라서 그럽니다."

그제야 노옹이 졸던 눈을 조용히 뜨고서,

"나에게 무슨 말을 묻는고? 귀 먹은 사람이니 큰소리로 말하라."

"저는 이위공의 아들이온데, 숙향이라는 낭자가 있다 하와 불원천리하고 왔으니 가르쳐 주십시오."

하고 애원하니, 노옹이 눈살을 찡그리며,

"숙향이라는 말은 듣도 보도 못하였는데, 너는 아이로서 이 깊은 밤에 함부로 와서 내 잠을 깨우고 수다스럽게 구느냐."

선은 어이가 없었으나 다시 절하고서,

"표진강의 물신령이 이곳 어른께 가서 물으라기로 왔으니 가르쳐 주십시오."

"그 전엔 어떤 여자가 표진강에 빠져 죽었다는 말은 들었지만, 표진강 용왕이 너한테 제물을 받아먹고 어쩔 수 없으니까 내게로 미룬 모양인데, 아마 전일에 여기 갈대밭에서 불타 죽은

그 소녀인 성싶다."

"정녕 여기까지 와서 불에 타 죽었습니까?"

"저 잿더미에 가 봐라."

선이 또다시 실망하면서 그곳으로 가서 보니, 불탄 위의 재는 있으나 해골 탄 재는 없었는데, 선은 여전히 졸고 있는 노옹 앞으로 돌아와서,

"어른은 저를 속이지 마시고 바른 대로 알려 주시오."

"네 열성이 그만하니, 내가 잠들어서 숙향이 어디 있는지 보고 오마. 너는 그 동안 두 손으로 내 발바닥을 문지르고 있거라."

선은 노옹의 말대로, 그날의 해가 저물도록 노옹의 발바닥을 문지르고 있었는데, 이윽고 노옹이 잠을 깨더니,

"너를 위로해 주려고, 내가 마고할미 집에 가 보니 숙향이 누상에서 열심히 수를 놓고 있더라. 내가 그 증거로 불똥을 떨어뜨려서 수놓은 봉황새 날개를 태우고 왔으니, 마고할미 집으로 가서 숙향을 찾고 수놓은 봉의 날개를 보면 내가 분명히 갔던 것을 알 것이다."

선은 자기가 이미 그 할미집에 가서 물었더니 이리이리 하라고 해서 천리길을 여기까지 헤매어 돌아다녔다는 말을 고하자 노옹이 껄껄 웃으며,

"그 마고할미에게 지성으로 빌면 네 뜻을 이룰 수 있을 거다."

선이 노옹의 말이 신기하므로 감탄하면서 하직하고 돌아서니, 노옹은 벌써 홀연히 흔적이 없었더라. 선은 그 길로 집으로 돌아오자, 걱정하고 기다리던 부모가 반겨 맞으면서 묻기를,

"네 어디를 그리 오래 있다가 왔느냐?"

"도중의 산수에 끌려서 그럭저럭 일자가 늦었소이다."

하고, 천연스러운 변명을 하니라.

이 무렵에 이화장의 노파는 선을 속여서 돌려보내고 숙향의 방으로 가서,

"아까 우리 집에 왔던 소년을 보셨소?"

"못 보았소이다."

"그 소년이 전생의 태을진군이라는 선관이라 아가씨의 배필이오나, 아깝게도 그 소년은 전생에 중한 죄를 진 벌로 한 눈이 멀고, 한 다리를 절고, 한 팔을 못 쓰는 병신이오."

"그분의 전생이 진실로 태을진군이라면 병신인들 상관 있습니까? 내 옥지환의 진주를 가진 사람이 태을이니 할머니는 금후 자세히 살펴 주사이다."

하고, 변치 않는 태을에 대한 일편단심으로 부탁하니라.

하루는 숙향이 누상에서 수를 놓고 있을 때, 홀연히 난데없는 불똥이 공중에서 떨어져서 수놓은 봉의 날개를 태워 버리니, 노파가 보고서 놀라며 혹시 화덕진군이 왔는지 여부는 후일에 알 수 있으리라고 말하니라.

한편 선은 집으로 돌아온 지 3일 만에 목욕재계하고 요지에 가서 얻은 진주와 요지도의 수족자를 가지고 금은 몇 천 냥을 말에 싣고서 이화정의 마고할미의 집으로 찾아가자, 노파가 선을 반갑게 맞아서 초당에 인도한 뒤에,

"요전에 공자를 만났을 때는 약간의 술을 하고 섭섭히 지냈으나, 오늘은 싫도록 대접하며 나도 먹겠소이다."

"그날도 술을 받고 사례를 하지 못하였으니, 오늘은 갚겠소.

그때 할머니 말을 곧이듣고, 남양과 남군과 표진강까지 두루 다니며 숙향을 찾다가 고생만하고 왔소이다."

선이 농 비슷하게 노파를 원망하자, 노파가 웃으면서,

"호호호, 주시는 술값은 감사하와 사양치 아니하거니와 내 집이 비록 가난하나 술독 아래는 주천(酒泉)이 있고 위에는 주정(酒井)이 있으니 무슨 값을 받으리까? 그런데 공자는 무슨 일로 그런 먼 곳을 다녀오셨습니까?"

선은 큰 한숨을 내쉬며,

"숙향을 찾으려고 갔다고 하지 않았소."

"공자는 진실로 의리와 정분이 많은 군자입니다. 그런 병신을 위하여 천리를 지척같이 찾아다니시니 숙향이 알면 오죽 감격하리까?"

"숙향을 만났으면 감격해 주었을지 모르지만, 못 만났으니, 내가 애써 찾아다니는 줄을 어찌 알겠소?"

노파는 거짓 놀라는 체해 보이며 묻기를,

"그러면 숙향이가 벌써 다른 곳과 혼인하였던가요?"

"하하하, 나도 다 알고 있으니, 할머니도 나를 그만 속이시오. 화덕진군의 말을 들으니, 숙향은 지금 이 마고할미 집에서 수를 놓고 있다던데요. 할머니한테 천백 번 절이라도 하고 빌겠으니 나의 마음을 그만 태워 주시오."

노파는 그래도 정색을 하고 딴청을 쓰기를,

"공자도 거짓말 그만두시오. 화덕진군은 천상(天上)의 남천문 밖에 있는 불을 다스리는 선관인데 어찌 만나보셨다는 말이오? 또 마고할미로 말하자면 천태산에 있는 약을 다스리는 선녀인데 이런 누추한 인간의 집에 내려와서 숙향을 데려갈 리가 있습니까?"

선은 자기가 화덕진군을 만났을 때에 이 집에서 숙향이가 이화정에서 놓고 있는 수에 불똥을 떨어뜨려서 태우고 왔으니 그것을 징험해 보라던 말을 다하였으나 그래도 노파는 딴청을 쓰고,

"정 그렇다면 이화정이라는 곳이 또 있는지 모르겠습니다."

선은 노파의 말을 듣고는 술도 먹으려 하지 않고 탄식하기를,

"아아, 할머니가 나를 속이는 것이 아니라면 나도 어찌 할 바를 모르겠소. 삼산(三山) 사해(四海)를 다 찾아다니되 만나지 못하니, 나는 인제 죽을 수밖에 없소."

하고, 선은 자리에서 수연(愁然)히 일어나니, 노파는 당황한 듯이 선을 바라보며,

"공자는 공후가(公侯家)의 귀공자로서 아름다운 배필을 얻어서 원앙이 녹수(綠水)에 놀고, 추월(秋月) 춘풍(春風)을 지내실 몸인데, 왜 그런 미천한 병신여자를 생각하십니까?"

"모를 제는 무심하나, 숙향이라는 그 천상연분의 배필이 이 세상에 있는 줄을 안 뒤로는 침식이 불편하고 숙향이가 나를 위하여 많은 고생만 겪으며 병신까지 되었다 하니, 철석간장[1]인들 어찌 녹지 않겠소. 내가 끝내 숙향을 찾지 못하면 인간으로 살아서 있지 않을 결심이오."

"공자는 너무 낙망치 마시오. 지성이면 감천이니, 좌우간 두고봅시다."

"내가 숙향을 만나고 못 만나는 것은 오직 할머니한테 달렸

---

1) 굳고 단단한 절개를 일컫는 말.

으니, 이 일생을 가엾이 여겨 주시오."
하고, 선은 이화정을 떠나서 집으로 돌아왔으며, 사흘 후에 밖에 나와서 서 있을 때, 마침 이화정의 노파가 나귀를 타고 그 앞을 지나가고 있었으니, 선이 반겨 인사하고 묻기를,

"할머니, 어디를 가시오?"

"공자의 지성에 감동하여 숙향을 찾으러 갔다 옵니다."

"아 그래요? 그래 거처를 알았습니까?"

"글쎄요. 실은 숙향이라는 이름을 가진 소녀를 세 명 알아냈으니, 공자는 그중에서 본인 한 명을 알아서 택하시오."

"그 세 명은 어디 있습니까?"

"하나는 큰 부자 질갈의 딸이요, 하나는 빌어먹는 거지 계집애요, 또 하나는 만고절색이나 병신의 몸입니다. 그런데 그 병신의 여자가 자기의 배필의 남자는 내 진주를 가져간 사람이니까, 그 증거품의 진주를 본 뒤에 몸을 허하겠다고 말하고 있었습니다."

선이 노파의 말을 듣고 여간 기뻐하지 않았다.

"그 진주의 증거품을 말한 여자가 내가 찾는 숙향이요, 내가 요지에 갔을 때, 반도 주던 선녀에게 진주를 얻었으니 할머니도 보시오."
하고, 선은 집안으로 뛰어가더니 제비알만큼이나 큰 진주를 가지고 나와서 노파에게 주면서,

"할머니 수고스러우나 이 진주를 갖다가 그 병신 소녀에게 보이고, 이것이 자기 진주라 하거든 데려다가 할머니 집에 두시오. 그리고 택일해서 알리면 혼사제구는 모두 내가 담당하리다."

노파는 그러마 하고 진주를 받아 가지고 와서 집에 있는 숙향에게 보이고 선의 말을 전하였더니, 숙향이 그 진주를 받아서 보고 눈물을 흘리면서,

"이 진주는 분명히 내 것이니, 모든 일은 할머니 요량대로 하세요."

노파가 다시 선을 찾아가서 사실대로 알리자, 선은 황금 500냥을 주며 혼수에 쓰라고 부탁하더라.

"혼사 지내는 비용은 내가 비록 가난하나 적당히 하겠으니, 이 돈을 두었다가 숙향낭자나 주시오."

하고, 도로 선에게 맡기고 받지 않더라.

선의 고모는 좌복야(左僕射)[1] 여흥(呂興)의 부인이나 자식이 없어서 선을 친자식같이 사랑하였다. 선이 고모집을 찾아가니 고모가 반기면서 말하기를,

"어제 밤중에 백룡(白龍)을 타고 하늘로 올라가서 광한전이라는 대궐로 들어갔더니, 한 선녀가 말하기를, '사랑하던 소아를 너에게 주니 며느리로 삼으라' 하므로, 내가 너의 아내로 삼으려고 데려다가 다시 본즉 정말로 아름다운 낭자였다."

선은 전생이 월궁소아라는 선녀로서 인간의 이름을 숙향이라는 소녀와 혼인하게 된 경위를 자세히 고모에게 알리니, 고모가 크게 반기고 기뻐하며,

"나는 찬성이지만 부모의 성정(性情)이 나와는 다르니 그런 빈천한 소녀를 며느리로 삼을 리 없으니 어찌하랴."

"저는 부모가 반대하더라도 다른 여자와는 혼인하지 않겠습

---

1) 상서성의 정2품 벼슬.

니다."

"네가 벼슬하면 두 아내를 둘 것이요, 또 네 부친이 서울에 가시고 없으니 혼사는 내가 주장하고, 둘째 아내는 네 부친의 뜻에 맡기면 좋지 않겠니?"

"고모님의 넓은 아량으로 제 소원을 이루게 해주십시오."

선은 신신당부하고 돌아와서 혼인날만 기다리고 있었다. 어느덧 그날이매 선의 고모 이부인은 숙향의 집에 기구가 없으리라 염려하고 채단[1]과 기구를 장만해서 도왔다. 그리고 신랑의 위의(威儀) 차린 행차를 모두 고모집에서 마련해서 신부집인 이화정으로 가매 잔치에 모인 여러 선객들이 요지선관(瑤池仙官)처럼 성황을 이루었더라. 전안지례(奠雁之禮)를 맞고 동방화촉에 나가서 교배(交拜)하매 천정(天定)한 배필임을 의심할 사람이 없더라.

이리하여 선이 요조숙녀 숙향을 아내로 맞으매 금실의 정이 원앙새가 푸른 나무숲에 놀고 비취가 연리지(連理枝)에 깃들임과 같아서 무궁하게 즐거워하니, 이튿날 선이 고모에게 문안을 드리자 신부가 병신이라더니 어떠냐고 물었으며, 곧 데려다 보고 싶으나 부친이 서울서 내려오시는대로 권귀차로 기별하고 신부를 데려오겠다고 말하니라.

"데려오기 전에 자부(子婦)의 용모가 궁금하시거든 이 족자의 화상을 보십시오."

"이것이 꿈에 본 선녀이구나."

하고, 놀라며 반색하여 마지않았으나 그 전에 이 혼인에 반대한

---

1) 혼인 때 신랑 집에서 신부 집으로 미리 보내는 청색 홍색 등의 치마 저고리감.

부인은, 서울의 조정에 있으면서 변방 문제로 시골에 내려오지 못하고 있는 남편 이상서에게 몰래 알렸던 것이며, 일이 전과는 달라진 것을 보고, 시녀들에게 물어서 비밀로 혼인하려는 실정을 알고, 서울 있는 상서에게 기별하였더니 상서가 대노하니라. 그는 곧 낙양 태수(洛陽太守)에게 통첩[2]하여 자기 아들을 유혹하는 그 계집을 잡아다가 죽이라는 엄명을 하였던 것이다.

어느 날 저녁, 까치가 숙향의 방 창문 앞의 나무에 와서 놀란 듯이 울어대니 숙향이 무슨 흉한 징조일까 하고 놀라서,

'장승상 댁의 영춘당에서 사향의 울음과 함께 저녁까치가 울어서 뜻밖의 봉변을 당하였더니, 오늘 또 저녁까치가 창 앞에 와서 울어대니 무슨 연고가 있을지 두렵다.'

하고, 신혼 직후에 뜻하지 않은 걱정을 하게 되었고, 그날 밤이 깊어서 관가의 포리(捕吏)[3]가 몰려와서 불문곡직하고 숙향을 성화같이 잡아가니라. 숙향이 무슨 이유인지 모르고 잡혀가서 아문(衙門)에 이르르니, 좌우에 등불을 밝히고 태수가 문초하기를,

"너는 어떤 계집인데, 이상서 댁의 공자를 유혹하여 죽을죄를 지었느냐? 상서께서 기별하시기를 너를 잡아다 즉시 죽이라 하였으니, 너는 나를 원망치 말고 형벌을 받으라."

하고, 형틀에 올려 매고 치려고 하거늘 이에 숙향이 울면서 아뢰되,

"저는 다섯 살 때에 부모를 잃고 이화정의 노파를 만나서 의탁하고 있사옵더니, 이생(李生)이 구혼하였으매 상민(常民)의

---

2) 관청 또는 단체 등에서 문서로 통지하는 글월.

3) 포도청 및 지방 관아에 딸려 죄인을 잡는 하리.

태생이 양반댁 자제의 배필이 되었다 해서 그것이 제가 유혹한 죄는 되지 않을 것입니다."

"낸들 어찌 이상서의 분부를 거역하랴. 형리야, 어서 그년을 쳐라!"

부사는 사리의 시비곡절을 가리려고도 하지 않았다. 집장(執杖)[1]과 사령이 매를 둘러메고 사정없이 치려고 달려들었으나 형리들이 팔이 금방 무거워지고 움직일 수가 없게 되어서 매를 치지 못하니라.

"음, 무죄한 여자를 치려 하니 그런 성싶으되, 상서의 명을 어기지 못할지니, 너희들의 팔이 움직이지 않아서 칠 수 없거든 몸을 꽁꽁 동여서 깊은 물에 넣으라."
하고 태수가 다시 명령하니라.

이때는 밤중이라, 잠자던 태수의 부인이 꿈을 꾸니, 숙향이 울면서 부인 앞에 절하고 엎드려 울면서,

'부친이 저를 죽이려 하시는데, 모친은 왜 구해 주시지 않습니까?'
하고 호소하기로, 장씨가 놀라서 잠을 깨고 시녀를 불러서 묻기를,

"영감께서 어디 계시냐?"

"이상서 댁의 기별로, 그댁의 새 며느리를 쳐 죽이는 형벌로 동헌에 계십니다."

장씨가 놀라서 남편 태수를 급히 청하여 내실로 오게 하고 울면서 호소하기를,

---

1) 장형을 집행하는 사람.

"우리 딸 숙향을 잃은 지 10년이로되, 야속할 정도로 한 번도 꿈에 보이지 않더니, 아까 꿈을 꾸니 숙향이가 와서, '부친이 나를 죽이려 하시는데 모친은 왜 구해 주지 않느냐' 고 울면서 애원하였으니, 몽사가 역력하고 이상하니, 그 여자가 어떤 사람입니까?"

"이위공의 아들이 정식으로 취처하기 전에 임의로 작첩하였으므로, 위공이 노해서 잡아다 죽이라는 명령이오."

"아무리 관권에 관계되는 일이지만, 무자식한 우리가 어찌 또 죄 없는 사람에게 적악(積惡)[2]을 하겠어요. 그 계집을 놓아 주도록 하십시다."

태수 내외가 숙향을 죽여야 할까 살려야 할까 한 끝에 부인의 말대로 그냥 석방은 하지 못하고, 우선 옥에 가두어 형편을 보아 처리하려고 하니라. 낙양 옥중에 갇힌 숙향은 남편 선에게 자기가 죽는 줄이야 알도록 기별하려고 하였으나 소식을 전할 길이 없어서 더욱 가슴이 터질 것 같아서 울고만 있을 때에 홀연히 옛날에 보던 파랑새가 옥중의 숙향이 앞에 날아와서 앉았으니, 숙향이 기뻐하고 급하게 적삼소매를 뜯어 입으로 깨문 손가락으로 혈서로 급한 사연을 써서, 파랑새의 발목에 매어 주고 새에게 푸념하듯이 간청하기를,

"이 숙향이는 옥중에서 죽게 되었으니 죽기는 섧지 않으나 부모와 이랑(李郞)을 보지 못하니 명목(瞑目)하지 못하겠다. 또 비명으로 죽으니 원통하지 않으랴. 파랑새야, 너는 신의가 두텁거든 이 소식을 꼭 이위공 댁 아드님께 꼭 전해 다오."

---

2) 못된 짓만 해서 죄악을 쌓음.

파랑새는 약속한 듯이 세 번 울고서 옥 밖으로 날아가니라. 이날 밤 선은 고모집에서 자고 있었는데, 어쩐지 마음이 산란하여 잠을 이루지 못하고 울울불락(鬱鬱不樂)[1]하더니, 파랑새가 날아와서 누워 있는 선의 팔에 앉으므로, 이상히 여기고 본즉, 새 발목에 혈서의 편지가 매어 있더라. 풀어서 본즉 숙향의 위급하고 애처로운 사연이더라. 혼비백산한 선은 그 혈서를 고모에게 보이고, 낙양 감옥으로 달려가서 숙향을 구하려고 하매,

"놀라운 불행이지만 아직 경솔히 굴지 말고 이화정 노파에게 시녀를 보내서 사정을 알아 오도록 하라."

하고, 한편으로 이상서 댁의 노복을 불러서 사건의 전말을 물어서 자세히 내막을 알게 되자 부인이 대노하니라.

"선이가 비록 상서의 아들이나 내가 양육하였는데, 내가 주혼(主婚)[2]한 일에 대해서 상서가 나를 큰누이 대접한다면 그럴 수가 있나. 동생이 애매한 사람을 죽이려 하니, 내가 직접 서울에 가서 상서 만나서 말하고 그래도 동생이 고집을 부리고 듣지 않으면 황후께 여쭈어서 조처하겠다."

하고, 행장을 차려서 서울로 급히 올라가니라.

이때 낙양 태수는 일찍이 과거에 급제하고 벼슬하여 그 자리로 부임하였던 김전이었으며, 이때 공교롭게도 병부상서 이위공의 말을 하자면 사사(私事)의 명령을 거역하지 못하여 마음이 자연 비창하였으나 마지못해서 낭자를 잡아들였던 것이라. 숙향이 고운 얼굴에 괴로운 눈물을 흘리고 약한 몸에 큰칼을 쓰고 끌려서 동헌에 나왔을 때 김태수가 신원을 문초하기를,

---

1) 마음이 답답하고 즐겁지 않음.

2) 혼인에 관한 일을 주관하고 가정적인 책임을 맡음.

"네 나이 몇이며 성명은 무엇인고? 고향은 어디요, 누구의 자식이냐? 속이지 말고 바른 대로 대어라."

숙향은 정신을 겨우 차리고,

"저의 아비는 김상서라고 하고 제 이름은 숙향이며, 나이는 15세로소이다."

태수 옆에 나와 있던 부인이 이 말을 듣고 단번에 눈물이 비오듯이 쏟아져 내리더라.

"네 얼굴을 보니 우리 숙향이와 같고 나이가 꼭 맞으며, 김상서의 딸이라 하니 근본을 더 조사하기로 하고 아직 다스리지 마시기 바라오."

김태수가 부인의 말을 옳게 여기고 다시 하옥시키고 그 사연을 서울 있는 이상서에게 기별하니라. 김태수의 부인이 숙향을 생각하고 울기만 하므로 태수도 부인을 위로할 겸하여 옥리에게 분부하기를,

"그 정상이 참혹하니 큰칼이나 벗겨 주라."

서울의 이상서가 낙양 태수 김전의 편지를 보고 크게 노해서 계양 태수(桂陽太守)로 좌천시키고 다른 사람으로 낙양 태수를 삼아서 기어코 숙향을 죽이려고 생각할 때에, 마침 하인이,

"여(呂)좌복야 댁의 부인께서 오십니다."

하고 알리매, 상서가 반가와서 하당(下堂)하여 맞아들이며 문후하자, 부인이 인사도 받지 않고 곧 화를 내고 큰소리로 상서를 꾸짖어 가로되,

"요사이 세상에선 벼슬 높고 위엄이 커지면, 동기도 업수이 여기고 억제하려는 거냐?"

이상서가 황공해서 영문을 모르고,

"누님, 왜 이렇게 노하십니까?"

"선이를 내 손으로 길러서 친자식같이 알기 때문에 마침 마땅한 혼처를 만났기에, 네게 미처 기별하지 못하고 성혼시켰으며, 또 그렇게 한대도 좋은 꿈의 징조와 부합하였기 때문에 쓸쓸한 슬하에 내가 데리고 있으려고 그랬던 것이었으나, 그런데 너는 내게도 알리지 않고 무죄한 여자를 죽이려 하니, 대장부가 그러하고서 천하의 병마(兵馬)를 어찌 부리겠느냐?"
하고 호통을 내리니, 장병을 지휘하는 병부상서도 어쩔 줄을 몰라하더라.

"이런 일을 누님께서 주혼하신 줄은 모르고 잘못하였으니, 실은 여기서도 마침 양왕(襄王)이 구혼해 왔으므로 제가 허락한 차에, 선이가 미천한 계집에게 장가들었다고 시비가 많아서 그리하였던 것입니다. 혼인은 인륜의 대사이오니 인력으로 어찌하겠소? 낙양 태수에게 다시 기별하여 죽이지 말고, 낙양 근처에 두지 말도록 하겠습니다."

여황후(女皇后)는 여(呂)부인의 시고모였으므로 황후가 조카딸이 상경하였다는 기별을 듣고 궁중으로 청하여 머무르게 되었으매, 여부인은 곧 선에게 편지를 부쳐서 숙향이가 옥에서 석방될 것을 알렸더니라.

그러나 이상서는 자기의 아들이 호탕하여 학업에 지장될 것을 염려하고 서울로 불러 올렸고, 그렇게 함으로써 선이 숙향을 다시 보지 못하고 상경하게 되었으니, 선이 모친에게 하직 인사를 하고 눈물을 흘리며 흐느껴 울매, 모친이 위로와 꾸지람을 겸한 훈계로,

"네 인물 풍채가 남만 못하지 않으매, 좋은 배필을 구할 곳이

어디 없으랴. 부모를 속이고 천한 계집을 얻어서 지내면 성정(性情)이 타락된다. 그런데 이 기회에 부친이 서울로 불러다 공부를 잘 시키려는데 왜 그리 슬퍼하느냐?"

선이 그때서야 숙향과 혼인하게 된 자초지종의 연분을 자세히 고하고,

"모친은 제 천정(天定)을 생각하고 숙향을 집으로 불러들여 주소서."

"아, 그런 줄은 전연 몰랐다. 네 말대로 진실이 그렇다면 천생연분이니 낸들 어찌 구박하랴. 부친도 그런 실정만 아신다면 허락하실 테니 염려 말고 과거나 해서 성공하고 잘 돌아오거라. 벼슬을 한 뒤에는 너 하려는 일을 부모도 말리지 못할 거다. 그런 점에서도 꼭 과거에 성공해라."

선은 숙향을 만나지 못하더라도 이화정의 노파나 만나고 가려고 생각하였으나, 역시 부명(父命)을 거역치 못해서 편지로 숙향을 잘 보호하도록 당부하고 서울로 떠나니라. 상경하여 부친을 뵈니, 부모 허락 없이 장가든 것을 대책하고 곧 태학(太學)[1]으로 보냈고, 부친은 이내 황제께 하직하고 고향집으로 돌아오니라.

이때 김전은 계양 태수로 전근해 가고 낙양 태수로는 신관(新官)이 부임하여 숙향을 옥에서 석방한 뒤에 낙양 근처에는 있지 못하도록 하였더니, 이화정의 노파는 옥문 밖에서 기다리고 있다가 숙향을 맞아서 끌어안고 집으로 돌아와 보니, 마침 선이 보낸 편지가 와서 기다리고 있더라. 숙향이 임 본 듯이 반갑게

1) 조선 시대 유교의 교육을 맡아보던 성균관의 별칭.

뜯어 보니 만단정화(萬端情話)라, 서러운 눈물을 흘리며 탄식하여 마지못하더라.

"이랑이 이제 서울로 가시고 고을에서는 이 근처에 있지 못하게 하니, 나는 장차 어디로 가서 몸을 의탁하지요?"

"이것이 때의 액운이요, 여기 오래 있으면 또 화를 당할 것이니, 이 집의 세간을 정리하고 나와 같이 이 고장을 떠납시다."

그리하여 숙향은 노파와 함께 정든 이화정을 버리고 딴 고장으로 가서 살게 되었으며, 그러던 중에 하루는 노파가 숙향에게 서글피 말하기를,

"나는 본디 천태산의 마고할미였는데 낭자를 보호하기 위하여 세상에 내려와서, 이제는 낭자의 급한 화를 다 구하여 드렸으며, 이와 동시에 연분이 다하여 떠나게 되었으니, 여러 해 동안 같이 살던 정의를 잊을 수 없습니다."

숙향이 그 말을 듣고 깜짝 놀라서 절하고 은혜를 감사하여 말하되,

"미련한 인간의 눈이 지금까지 할머니가 신선이심을 알아보지 못하고, 이제 인연이 다하여 버리심을 당하게 되오니 망극하옵니다. 그동안 할머니의 은혜를 입어서 일신이 안일하더니 할머니가 선경으로 돌아가시면 누구를 의지하오리까?"

"내가 청삽살개를 두고 갈 테니, 그놈이 낭자의 어려움을 도우리다."

"할머니 가시는 길이 얼마나 되며, 어느 날 가시렵니까?"

"나 갈 길은 여기서 5만 8천 리요, 지금 곧 떠나려고 합니다."

숙향이 작별이 급함에 놀라 슬퍼하면서 간청하기를,

"하루만 더 계시다가 가십시오."

노파가 한숨을 쉬면서,

"내가 간 뒤에 나 입던 옷을 염하여 관 속에 넣고, 저 삽살개가 가서 발로 파는 곳에 묻어 주시고, 만일에 어려운 일이 있거든 그 무덤으로 오면 자연히 구하게 될 것입니다."

하고, 입었던 적삼을 벗어 주고 이별하니, 두어 걸음 간 뒤에 홀연히 보이지 않아서 간 곳을 알지 못하더라. 숙향이 망극하여 두고 간 적삼을 붙들고 통곡하더라.

숙향이 통곡하다가, 마고할미가 남기고 간 말대로 장례를 지내려고 예복을 갖추고 관에 넣어 가지고 산소터를 찾아서 갈 때에, 따라오던 청삽살개가 숙향의 치마끝을 물어서 그만 가라고 하매, 조석으로 제사를 극진히 하며 삽살개를 사랑하고 믿으면서 세월을 보내더라.

하루는 달이 밝고 하늘에 한 점의 구름도 없이 맑게 개어서 잠을 이루지 못하는 숙향이 사창에 의지하여 탄식하는 심정을 글로 지어서 책상 위에 놓고 졸다가 깨어 보니, 글도 없고 개도 없어져 버렸으며, 숙향이 낙망하고 울면서 한탄하기를,

"가련하다 내 팔자여, 할머니도 가고 할머니가 남겨 준 의지할 개마저 잃었으니 밤이 적적하며 잠도 오지 않는구나."

이때 서울에서는, 선이 태학에 가서 공부한 뒤로는 숙향의 소식을 들을 길이 없어서 주야로 눈물을 짓고 있었더니, 하루는 문득 바라보니 청삽살개 한 마리가 자기를 향하여 왔으므로 살펴본즉, 그 앞에 와서 앉은 개가 입에 물고 온 것을 토해 놓으므로, 선이 기이하게 여기고 보니 동촌리 이화정에 있던 숙향의 필적이라 급히 그 글을 떼어 보니,

'슬프다, 숙향의 팔자여. 무슨 죄로 5세에 부모를 잃고 동서

로 표박[1]하다가, 천우신조하사 이랑을 맞았으나 다시 이별하고 외롭게 의지할 곳도 없는 나의 신세, 다행히 할머니를 의지하였더니, 여액(餘厄)이 미진하여 일조(一朝)에 승천(昇天)하니, 혈혈단신 어디 가서 탄식하리요. 내 생전에 이랑을 보지 못하면 부모를 어이 찾으리요. 슬프다, 나의 신세여 죽고자 하나 죽을 땅이 없고나!'

선이 이 글을 보고 슬픔을 금하지 못하고, 노파가 죽은 줄 알고 더욱 낙망하더라. 음식을 대다가 개에게 주고 편지를 써서 개 목에 걸어 매고서 당부하기를,

"할머니까지 죽으매 낭자는 너만 의지하고 지낼 테니 빨리 돌아가서 이 편지를 전하고 낭자를 잘 보호하여 다오."

그러자 개가 잘 알았다는 듯이 머리를 끄덕이고 날 듯이 돌아가니라. 이때 숙향은 개를 잃고 종일 흐느껴 울며 기다렸는데, 해가 저물어서 인적이 끊어지고 짐승 소리조차 나지 않는지라 고적하여 견딜 수 없더라. 오직 먼 밤하늘만 바라보며 탄식하고 있을 때, 홀연히 청삽살개가 나는 듯이 와서 숙향이 앞에 엎드렸으매, 어디로 가서 죽지나 않았을까 하던 숙향이가 반색을 하고 머리를 쓰다듬어 주면서 하소연하기를,

"네가 아무리 짐승이기로 나를 버리고 어디로 갔느냐? 배를 오죽 주렸으랴!"

하고 머리를 쓰다듬어 위로해 주매, 개가 반겨하고 앞발을 쳐들며 목을 숙여 보이므로, 숙향이 비로소 그 개 목에 편지가 매어 있는 것을 발견하고 끌러서 펴 보니 다음 같은 선의 사연이더

---

1) 일정한 주거나 생업 없이 떠돌아다니며 지냄.

라.

'숙향낭자에게 부치나니, 낭자의 옥안(玉顔)이 그리워서 밤낮 없이 생각하고 있던 중, 천만뜻밖에 청삽살개가 그대의 글을 전하거늘, 못내 감동하여 우리 두 사람의 안부를 전하게 되었도다. 그대의 심한 고생은 모두 이선(仙)의 죄라. 한번 이별하여 약수가 가리었고 청조 끊겼으니 서산에 지는 해와 동령에 돋는 달을 대하여 속절없이 간장만 태우다가 삽살개가 소식을 전하니, 옥안을 대한 듯 든든하며 반가운 마음을 금치 못하오. 그러나 할머니가 죽었다 하니 낭자는 누구를 의지하며, 그 고적한 신세를 생각하니 내 마음이 어떠하리요. 지필을 대하매 마음을 진정치 못하고 눈물이 앞을 가리도다. 쌓인 회포를 다 기록하지 못하나니, 옛 사람이 이르되, '흥진비래(興盡悲來)요 고진감래(苦盡甘來)라' 하니, 설마 언제나 그러리요. 지금 과거 소식이 들리니 이에 응하여 혹 뜻을 이루면, 나의 평생의 원을 풀고, 낭자의 은혜를 갚으리니 옥보망신을 완보하여 내가 돌아갈 날을 기다려서 생사를 같이함을 원하노라.'

숙향이 편지를 다 보고 흐느껴 울면서 탄식하기를,

"황성 서울이 여기서 5천 여 리나 길이 요원하고 산이 망망하니, 약한 여자의 발로 찾아가기 극난하고 또한 도중의 강포지욕(强暴之辱)이 두려워서 좌사우량(左思右量)[2]하나 백계무책이라."

하루는 그런 걱정과 수심에 잠겨 있을 때, 흉흉한 소문이 들려왔다.

2) 이리 생각하고 저리 생각하여 곰곰이 헤아려 봄.

때마침 도적이 성행하던 중, 불량배들이 이화정에 노파조차 없음을 알고 재물을 약탈하고 숙향을 겁탈한다는 소문에 숙향은 눈앞이 캄캄하여 곧 동촌리의 아는 아이를 불러다가 자세히 물어 보니,

"내가 길가에서 들으니, 이화정 집에 보화가 많으니 오늘 밤에 겁탈하여 보화를 나누어 갖고, 낭자를 잡아다가 저희들이 데리고 산다고 벼르고 있었습니다."

낭자가 그 말을 듣고 모골이 송연[1]하고 마음이 다급하여 어찌할 줄을 몰랐으며, 해가 저물어 황혼이 되자 더욱 초조해서, 궁리 끝에 한 가지 계교를 생각하매, 삽살개를 불러서 타일러 말하되,

"아까 지나가는 아이의 말을 들으니 오늘 밤에 도적이 들어와서 재물을 수탈하고 나를 기어코 겁탈한다 하매 만일 그렇게 되기 전에 나는 죽어서 절개를 온전히 지킬 결심이다. 지금 할머니 묘소에 가서 목숨을 끊고 할머니의 해골과 함께 묻히고자 한다. 그러니 너는 할머니 묘소에 가서 영혼에게 묘방을 물어서 나의 욕을 면하게 할 수 있겠느냐?"

하고 눈물을 흘리자 청방이 다만 고개를 들어서 멍청하니 듣기만 하고 응하는 기색이 없더라. 숙향은 하는 수 없이 의복 두어 가지를 보에 싸고 개가 할머니 묘소에 인도하기를 바랐으나, 청방은 누운 채 일어나지 않으매 숙향이 더욱 황망하여 개에게 호소하기를,

"네 비록 짐승이지만, 지금 사세가 급한 줄을 알거든 생각해

1) 아주 끔찍한 일을 당하거나 볼 때에 두려워 몸이나 털 끝이 으쓱해진다는 말.

봐라. 이렇게 하다가 때가 늦으면 도적의 욕을 보고 말 것이 아니냐?"

청방이 그제야 일어나서 보에 싼 것을 입으로 물어당기매, 옷보를 주자 청방이 그것을 제 등에 물어서 얹고 밖으로 나가므로 숙향이 그 뒤를 따라간즉, 얼마쯤 가던 개가 어떤 무덤에 앉고 더 가지 않더라. 숙향이 자세히 살펴보고 그것이 할머니 무덤임을 믿고, 봉분(封墳)에 엎드려 어루만지며 통곡하니라.

이때 선의 모친 상서부인이 완월루에 올라서 달구경을 하고 있을 때, 멀리서 여자의 곡성이 은은히 들려오므로 비복들에게 분부하기를,

"야심한 이때에 어떤 여자가 저리 슬피 우느냐? 누가 가서 알아보아라."

마침 거기 시위하고 있던, 선이 어릴 때에 섬기던 유부(乳夫)가 명을 받고 울음소리 나는 곳을 찾아가 본즉 소녀 혼자 무덤 앞에서 울고 있으므로 물어 가로되,

"낭자는 누구이신데 심야에 홀로 여기서 울고 계십니까?"

유부가 공손히 절하고 묻기에 숙향이 눈을 들어서 보니 늙은이였으므로 울음을 그치고 대답하기를,

"나는 동촌에 사는 이공자(李公子)의 낭자인데, 도적의 욕이 급하므로 피해 와서, 전에 은혜진 할머니께 죽어 함께 묻히려고 합니다."

이 말에 깜짝 놀란 늙은이가 땅에 엎드리며,

"저는 이공자의 유부입니다. 이공자 모친 마님께서 소저(小姐)의 곡성을 들으시고 사정을 알아보라 하시기로 왔는데, 소저께서 이곳에서 이러실 줄은 천만뜻밖이옵니다. 우선 소복(小僕)

의 집으로 가시면 앞으로 자연 평안하게 될까 하옵니다.”

“할아범이 이랑(李郎)의 유부라 하니 참으로 반갑고 이제 죽어도 여한이 없게 되었소. 승상댁 대감께서 나를 죽이라 하셨거늘 이리 하시라는 명도 없이 그 댁으로 갔다가 나중에 아시게 되면 반드시 죽을지나, 나 죽기는 섧지 않으나, 할아범에게 누가 미칠 것이니 그냥 돌아가오. 이랑이 서울에서 돌아오시거든, 내가 이곳에서 죽었다고 알려 올리면 은혜가 태산 같겠소.”

“낭자의 말씀을 듣자오니 그것도 마땅한 듯하나, 제가 마님께 알려 드리고 올 때까지 기다리시고, 천금귀체를 가볍게 하지 마십시오.”

하고 나는 듯이 되돌아가니, 청삽살개가 등에 얹었던 옷보를 내려놓고 숙향에게 그 옷을 입으라고 권하는 시늉을 하더라.

“네가 나로 하여금 죽으라는 뜻이라면 땅을 파거라. 그러면 내가 거기 누워 죽을 테니 나를 덮어두었다가, 낭군이 오시거든 가르쳐 드려라.”

하고 숙향이가 옷을 입으니, 개는 땅을 파지 않고 이상서 댁 방향을 향하고 앉아 보였으매, 숙향은 속으로 생각해 보기를,

‘상서가 오시면 반드시 나를 죽이실 것이니, 그러면 나중에 상서의 신상에도 시비가 될 테니, 내가 스스로 죽어서 그런 시비를 낭군의 부친께 끼치지 않느니만 같지 못하다.’

하고 수건으로 목을 매려고 하자, 삽살개가 수건을 물어 빼앗아 죽지 못하게 하므로 숙향이 울면서,

“너는 왜 나를 죽지 못하게 하느냐? 구차하게 살았다가 낭군을 만나볼 수 있거든 할머니 산소를 향해서 절해라. 그러면 네 뜻을 따라서 죽지 않겠다.”

하고, 영물로 믿는 개의 뜻을 점쳐 보려고 하였고, 그러자 개가 할머니 산소를 향하여 절하고 안심하듯이 앉았으니 숙향이 감사한 마음으로 개의 머리를 쓰다듬으면서 아직 불안한 마음이 놓이지 않아서 한탄하더라.

"네가 나를 죽지 못하게 하니, 살았다가 만일 내가 욕을 볼까 두려워한다."

이때 유부가 빨리 돌아가서 아내에게 자기 집에 숙향을 데려다 두도록 이르고, 그 동안에라도 자결할지 모르니 급히 가서 구하도록 이르고 상서 댁으로 가서 부인에게 보고 온 사실을 보고하자, 부인이 그 참혹함을 동정하여 상서에 고하여,

"그 정상이 가련하오니 데려다가 근본이나 보고, 하는 양을 보는 것이 좋을까 합니다."

하고, 청하자 그처럼 노하던 상서도 인명을 가긍히 여기고 부인의 뜻을 허하더라. 부인은 곧 하인들에게 교자를 보내고 유모(乳母)에게 데려오도록 분부하니, 유모가 이보다 미리 혼자 숙향의 앞에 이르러서,

"저는 이공자의 유모이온데 요전에 듣자온즉 공자께서 소저와 성혼하였다 하오나 고모부인께서 조용히 구혼하셨기로 알지 못하였더니, 그 후 옥중의 곤경을 당하셔서 슬퍼하던 중, 아까 왔던 바깥 사람의 말을 듣자오니 공자를 뵈온 듯하와 달려왔습니다."

"이랑의 유모라니 나의 정의를 마음놓고 얘기할 수 있소."

하고, 전후 경과와 사정을 다 말하고자 하였으나, 얘기가 끝나기 전에 유부가 시비를 거느리고 와서 교자에 오르라 하면서 상서부인의 뜻을 전달하니라.

"부르시는 명이 계시니 어찌 거역하리요마는, 천한 몸으로 교자를 타기가 외람되니 걸어서 가겠소."
하고, 사양하자 유모가 또한 전하기를,
"마님의 명이시니 교자를 사양치 마십시오."
숙향이 마지못하여 올라서 승상부인 앞에 이르매, 시비들이 부인의 명으로 몰려 나와서 완월루로 모시더라. 숙향이 교자에서 내리니 향속 든 시비가 좌우에 나열하여 밝기가 낮과 같았으며, 한 시비의 인도로 따라가서 상서부인에게 멀리서 사배(四拜)하니, 상서부인이 옆으로 와서 앉으라 하여 자리를 같이 한즉, 숙향의 탁월한 색태(色態)에 놀라지 않는 눈이 없더라. 며느리를 처음 보는 시어머니인 상서부인도 진심으로 탄식하여,
"이만 인물이니 집 아인들 어찌 무심하였으랴. 홍안박명(紅顔薄命)이라 하니 만첩수운(萬疊受運)이나 기질이 이와 같으니, 장강의 색태도 미치지 못할 거다."
하고 다시 숙향에게 묻기를,
"네 고향이 어디이고 성명은 무엇이며 나이는 몇 살이냐?"
"저는 다섯 살 때에 부모를 잃고 정처없이 구걸해 다니다가, 흰 사슴이 업어다가 장승상 댁 동산에 버린 것을, 그 댁에 자녀가 없어서 저를 10년 동안 딸처럼 귀엽게 길러 주셨는데, 마침내 사고가 있어서 그 댁을 떠났으며 본향과 부모의 성명을 모르나이다."
이 말을 들은 이상서가 거듭 묻기를,
"장승상 댁에서 무슨 일로 나와서 이화정 할미에게 와 있었느냐?"
"장승상 댁의 시비 사향이 승상의 장도와 부인의 금봉채를

훔쳐다가 제 상자 속에 두고, 제가 훔쳤다고 부인께 참소하였으므로, 저는 변명이 무익하여 누명을 죽음으로 씻으려고 표진강에 몸을 던졌삽더니, 마침 채련(採蓮)하는 선녀들이 구해 주며 동리로 가라기에, 아녀자의 행색이라 거짓 병신인 체하고 가다가 기운이 파하여 갈대밭 속에서 자다가 화재를 만나서 죽게 되었더니 다행히 화덕진군이 구해 주셨으나 의복이 없어서 진퇴를 정하지 못하고 있었더니, 의외의 이화정의 할미를 만나서 그 집에 의탁하여 있었더니, 그러던 중 생각지도 않은 공자의 구혼을 받고 성혼하였사옵더니, 낙양 옥중에서 사액(死厄)을 지내옵고, 다시 하령하여 멀리 추방을 받고 북촌에 가서 사옵더니, 오늘 밤에 도적에 쫓겨서 할미 무덤에서 죽으려 하였을 때, 뜻밖의 부르심을 입사와 이리 대령하였습니다."

"남군에서 몇 달 만에 낙양까지 왔느냐?"

승상이 또 묻더라.

"갈대밭에서 하루를 묵고 이튿날 할미를 만났습니다."

"남군이 여기서 3천 500리라, 한 달에도 오지 못할 텐데 이틀 만에 왔다니 매우 이상하다."

라고, 상서가 깜짝 놀라서 말하고, 부인이 또 이름과 나이를 묻더라.

"이름은 숙향이요, 나이는 16세올시다."

"생일은 언제냐?"

"4월 초파일입니다."

부인이 오래 생각한 끝에,

"네 모습이 과연 의젓하다. 선이를 낳을 때에 선녀들이 하던 말을 기록해 두었는데, 이제야 깨달았다."

하고, 시녀에게 그 기록한 것을 가져오라 하여 보니 아들 선의 배필은 '김 전의 딸이요, 이름은 숙향'으로 분명히 적혀 있었다.

"부모의 성명을 모르면서 생년월일의 사주는 어떻게 알고 있느냐?"

부인이 또 묻자, 숙향이 말없이 엎드렸다. 부인이 바라본즉 숙향의 이마에 금자(金字)로 '이름 숙향 · 자월 궁선 · 기축 4월 초파일 해시생'이라고 씌어져 있었다. 부인이 그것을 본 뒤에 더욱 기특히 여기고 놀라며,

"네 생년월일의 사주가 우리 선이와 같은데 네가 성을 모른다니 답답하구나."

"그 전에 꾼 꿈에는 신인(神人)의 말씀이 낙양의 김전이 제 부친이라 하였습니다마는 어찌 알 수 있습니까?"

"그렇다면 얼마나 다행하랴."

하고, 상서가 그렇기를 바란다는 듯이 말하니라. 부인이 상서에게,

"그는 어떤 사람입니까?"

"운수선생(雲水先生)의 아들이니, 문벌은 더 물을 것이 없소."

부인이 기뻐하고, 기어코 숙향의 근본을 알아서 아들의 정실(正室)로 삼으려고 하였으며, 그 후로부터는 숙향을 부인의 좌우에 가깝게 두고 그 행동을 주야로 보니, 모든 일이 진선진미(眞善眞美)하여 하나도 그름이 없으므로 부인의 사랑은 갈수록 더하더라.

하루는 숙향이 전에 있던 집의 가장집물을 옮겨 오기를 청하니, 부인이 반신반의로 묻기를,

“도적이 무엇을 남겨 두었겠느냐?”

“중요한 것은 땅을 파고 묻었으니까 도적도 몰랐을 것입니다.”

“그럼 네가 가지 않으면 찾아오기 어렵겠구나.”

“제가 아니라도 저 청삽살개를 데리고 가면 알려 줄 것이옵니다.”

부인은 곧 유부를 불러서,

“저 개를 데리고 소저가 있던 집에 가서 기명[1]과 수품을 가져오게.”

하고 시키면서, 저런 짐승이 어찌 그런 것을 알 수 있으랴고 심중으로 의아스러워 하니라. 유부가 바로 하인들을 거느리고 북촌에 있는 숙향이 살던 집으로 가자, 데리고 온 개가 울 밑의 한 곳을 발로 후벼서 가리킨 곳을 깊이 파고 본즉 과연 귀중한 기명이 많이 나왔으므로 그것을 거두어 가지고 돌아와서 부인에게 고하더라.

“개조차 그렇게 영감한 것을 보매, 우리 신부는 범인이 아닌 게 분명하구나.”

하고, 더욱 사랑함이 비할 데 없더라. 그리고 어느날 숙향에게 묻기를,

“너는 침선방적(針繕紡績)을 잘 할 줄 아느냐?”

“어려서 부모를 잃고 파산하여 길에서 방황하였기 때문에 배운 바는 없사오나, 본이 있으면 무엇이든 그대로 시늉을 낼 수 있습니다.”

---

1) 살림에 쓰이는 그릇붙이.

부인은 숙향의 재주를 시험해 보기 위하여 비단 한 필을 주면서,

"상서께서 멀지 않아 상경하실 때 입으실 관복이 무색하니 네 이 관복을 보고 지어내라."

숙향이 명을 받고 자기 침소로 돌아와서 그 비단을 보니 천이 곱지 못하므로 자기가 갖고 있던 좋은 비단과 바꾸어서 불과 반나절 만에 관복 일습을 완성하였으니, 시녀가 부인에게 고하였으나 믿지 않고,

"관복은 예사 옷과 다르기 때문에 내가 연소할 때 침재(針才) 남에 못지않았으나 닷새에 지었던 것을 소저 아무리 재주가 능하더라도, 어찌 그렇게 빠를 수가 있겠느냐? 그것은 거짓말이다."

하고 숙향을 불러서 물은즉,

"관복은 이미 지어 놓았습니다. 그러나 어찌 하올지 몰라서 즉시 아뢰지 못하였사옵니다."

하고 관복을 갖다 부인에게 올리니, 부인이 받아서 본 즉 수품제도가 그 전 관복보다 나을 뿐 아니라, 비단이 자기가 준 것이 아니므로 더욱 이상히 여기고 묻자,

"비단이 이것이 나을 듯하옵고 할미집에서 짠 것인데 마침 빛깔이 같기에 바꾸어 지었사옵니다."

부인이 크게 놀라고 이런 재주가 천하에 어디 있으랴 대찬하고, 즉시 관복을 갖다가 상서에게 보이고 신부의 재주를 알리더라.

"관복을 새로 지었으니 입어 보시오."

"허어, 근래는 당신이 늙어서 몸에 맞는 옷을 입기 어렵더니,

이 관복은 몸에도 맞고 솜씨도 좋으니 늙어서 굉장한 호사를 하겠구료."

상서가 옷을 입고 매우 기뻐하므로 부인이 웃으면서,

"나는 소시에도 수품제도가 이렇지 못하였는데, 하물며 이 늙은 솜씨로 어찌 이렇게 짓겠습니까? 이것은 새로 온 자부(子婦)가 제 손으로 짠 비단을 가지고 제 손으로 지은 관복이옵니다."

"허어! 만일 그렇다면 자부는 실로 무쌍한 재주로군."

하고, 칭찬을 하고 흉배[1]를 보니, 관대의 흉배가 무색해서 다른 흉배를 사 오라고까지 하니라. 그러자 부인이 상서의 작품에 맞는 흉배를 이곳에서는 창졸히 사기 어려워서 그것을 구색하려면 출발이 늦을까 염려된다고 말하니, 이 말을 들을 숙향이 상서 직품은 어떤 흉배를 다느냐고 공손히 묻더라.

"상서는 일품(一品)이며 쌍학(雙鶴)을 붙이신다."

고 부인이 알리더라.

"제가 약간 수를 놓을 줄 아오니 해볼까 하옵니다."

"흉배는 다른 수와 달라서 사람마다 놓을 수 없을 뿐 아니라 내일 상경하실 테니, 네 재주가 비록 능하더라도 어찌 하룻밤 사이에 될 수 있겠느냐?"

하고, 아예 그런 생각도 말라고 말하니라. 그러나 숙향은 침소로 물러나와서 밤을 새워서 쌍학의 수를 놓아서 이튿날 아침에 갖다 바치자, 상서 부부가 자부는 진실로 신통한 재주를 가졌다고 애중(愛重)하여 마지않더라.

---

1) 관복의 가슴과 등 쪽에 붙이는 수놓은 헝겊 조각.

이상서가 상경하니, 황제가 인견(引見)하시고 정사를 의논하시다가 상서의 관복과 흉배가 매우 훌륭한 것을 보시고 하문하기를,

"경의 관복과 흉배는 어디서 구하였소?"

"신(臣)의 며느리가 지은 수품(手品)이옵니다."

황제가 의외의 말로 묻되,

"경의 아들이 죽었소."

"살아 있사옵니다."

"허어? 그런데 경의 관복을 보니 하늘의 은하수 문채요, 흉배는 바다 가운데서 짝을 잃은 학의 외로운 형상이니, 아들이 살아 있으면 어찌 이러하오?"

상서가 황제 앞에 엎드려서 아들 선이가 며느리 숙향을 만나던 일을 아뢰니,

"허어 그 자부의 경력과 재주가 희한하오. 경의 충성이 지극하매 하늘이 현부(賢婦)를 주사 복을 도우심이 분명하오."

하시고, 비단 100필을 하상(下賞)하시매, 상서가 사은(謝恩)하고, 부중(府中)으로 돌아와서 황제의 하교(下敎)를 전하고, 황제의 상사품(賞賜品)은 전부 자부 숙향에게 주더라. 숙향은 부중으로 온 뒤에 일신이 안한(安閑)하게 되어서 용모가 더욱 고와져 갔으므로 상서 부부의 애중이 날로 더하더라.

그러나 선(仙)은 서울 태학에서 공부하면서 숙향의 소식을 듣지 못하여 심신이 울울하여 회포를 안정치 못하였으나, 마음대로 고향으로 돌아가지 못하매, 주야를 탄식으로 보내더니, 그러던 차에 하루는 태학의 관원들이 상소하여,

"근간에 길조(吉兆)의 태을성이 장안에 비치었으니, 과거를

보여서 인재를 잃지 마옵소서."
하고, 황제께 권하므로 황제가 옳다고 윤허하고 곧 택일하여 과거를 시행하였는데, 이때 선이 과장(科場)에 나가서 평생의 재주를 다하여 글을 지어 장원급제로 뽑혔으며, 이 순간에 선의 명성은 천하에 떨쳤으니, 풍채가 당당하고 기질이 현양하여 만인 중에서 뛰어나더라. 황제가 인견하시고 대경기애(大驚奇愛)하사 즉시 한림학사를 제수하니, 학사가 된 선은 사은하고 고향으로 사당에 분향 보고하러 돌아가는 도중에 낙양 이화정에 이르러 곧 숙향의 거처를 찾았으나 사람은 고사하고 꼬리치고 반겨하던 삽살개도 없는 적막한 빈집이었으며, 집 안에는 일용의 기물이 하나도 없으므로, 분명히 도적이 들어서 숙향을 죽이고 간 줄 알고 심회가 통절하여 하늘을 우러러 탄식하기를,

"숙향낭자여, 나로 하여금 천만고초를 겪고 몸이 사망지경에 이르러 유명(幽明)간에 어찌 원혼(怨魂)이 되지 않았으리요. 내 지금 과거에 장원하여 몸이 현달(顯達)하였으나, 그대 없는 이 세상에 무엇이 귀하리요. 내 또한 그대의 뒤를 따라 죽어서 그대를 따르리라. 내 명이 또한 오래지 않으리라."
하고 슬퍼하다가 날이 서산에 떨어지매, 다시 정신을 진정하고 냉정히 생각하고 다짐하기를,

'이제 여기서 울어도 부질없으니 부모께 보인 후, 숙향의 분묘를 찾아서 그 죽음을 본받아서 나의 의절을 표하리라.'
하고 눈물을 거두고 고향의 본집으로 돌아오니, 그의 양친이 한림학사가 되어서 온 아들을 보고 기뻐하고, 그 영화를 축하하는 상하의 화성이 낭자하니라. 양친은 귀하게 된 아들의 손을 잡고 애중함을 이기지 못하되, 학사는 숙향의 불행을 생각하는 마음

이 간절하여 수색이 만면할 뿐이더라. 부친 상서가 이상히 여기고 묻기를,

"네가 소년등과(少年登科)하여 부모에게 영효(榮孝)와 일신의 영광이 극하고 가문의 경사 극하거늘 무슨 일로 수색을 만면에 띠고 있느냐?"

"저인들 영친지도(榮親之道)[1]에 어찌 기쁘지 않으리이까? 먼 행로에 일신이 피로하와 자연 그러하옵니다."

하고, 아무런 다른 이유가 없는 듯이 대답하니, 상서 부부는 아들이 자부 숙향이가 죽을 줄 알고 그런다고 짐작하고 모친이 안심시키려고,

"네가 취한 숙향은 우리 집의 현부다. 네 뜻을 알고 데려다가 지금 부중에 두고 있으니 근심하지 말라."

하고, 알렸으나 학사는 의혹하고 손을 모아 송구스럽게 말하기를,

"장부가 어찌 천부(賤婦) 때문에 미우(眉宇)를 찌푸리겠습니까? 도중의 풍한촉상으로 몸이 불편할 따름이옵니다."

하고, 겉으로 의젓한 대답을 하는고로 속으로는 숙향이 집에 와 있도록 부모가 허락하였다는 말에 마음이 든든하였으며, 상서 부인이 시녀에게 숙향을 데려오도록 이르니, 이윽고 숙향이 안에서 나와서 서로 상면하게 되자, 반신반의하던 학사가 눈으로 분명히 숙향을 보고 반가움을 이기지 못하여 손발 둘 곳을 모르고 미칠 듯이 기뻐하더라. 숙향이 먼저 낮은 음성으로,

"일찍 청운의 뜻을 품으시고, 이제 영광이 비할 데 없으니 치

---

1) 서울에 와서 과거에 급제하거나 관직에 임명된 사람이 고향에 돌아가 부모를 영화롭게 하는 일.

하하옵니다."

"요행히 득의(得意)하니 가문의 경사요, 그대를 위하여 조운모월(朝雲暮月)에 간장을 태우다가 이번에 오는 길에 이화정에 들러보았는데, 인적은 물론 그 귀엽던 개조차 없어서 비창한 마음을 금하지 못하였더니, 이제 집에서 서로 만나니 무슨 한이 있겠소?"

"먼 길에 피로하셨으며, 양친께서 편히 쉬라 하시은즉 잠시 침소로 가시면 하옵니다."

선이 기쁘게 숙향의 옥 같은 손을 잡고 봉루당으로 가서 피차 사모하던 정을 달게 참하더라. 그리고 마고할미의 문상을 하고 숙향을 위로하자,

"할머니 생각을 비롯하여 지낸 일을 생각하며 슬픈 회포가 첩첩하나, 오늘은 낭군을 모시고 즐기는 날이니 뒤에 두루 말씀 드리오리다."

이윽고 학사가 옷을 고쳐 입고 신부와 함께 정당(正堂)으로 나오자, 상서 부부가 기쁨을 이기지 못하여 칭찬하고 상하가 모두 치하하여 마지않더라. 이튿날 친척과 근처의 사람을 초청하여 성대한 잔치를 베풀었으며 다음날에는 여복야부중(呂僕射府中)에서 또 잔치를 하였다. 부인이 기뻐서 여러 문중의 부인들을 청하여 즐기면서 숙향낭자의 모든 기이한 비밀을 좌중에 설파하여 기특히 여기고 또 가엾게 여겼으나, 그것이 모두 축복하는 칭찬의 말이더라.

하루는 학사가 부친 상서에게 문안하자, 아들에게 은근히 중대한 문제를 꺼내기를,

"자부를 슬하에 두고 보니 백사가 영리하여 자못 사랑스러우

나, 그 집안의 내력을 모르는 탓으로 남들이 미친한 여자를 취하였다고 시비하는 듯하고, 전자에 양왕이 너에게 구혼하기에 내가 허하였으나, 네가 현부를 택하였으므로 중지하였기로, 너는 이제 입신하였으므로 이실(二室)을 거느려도 능히 좋게 되었으매, 양왕의 구혼을 다시 성취시켜 볼까 하는데 네 생각이 어떠냐?"

"이 문제는 제가 알아서 좋도록 하겠으니 염려 마십시오."

하고, 이내 행장을 차려서 서울로 향하게 되자, 부모께 하직하여, 나라에 바친 몸이매, 슬하를 떠나지 않을 수 없음을 아뢰고 침소로 가서 이내 숙향에게 이별하여 말하기를,

"그대를 위하여 여러 해 마음을 상하고, 이제 서로 만나서 자리가 덥지도 못해서 또 떠나게 되니 심정이 울울하나 사세가 마지못하여 상경하니, 그대는 부모공양을 극진히 하여 내가 바라는 바를 저버리지 말아 주오."

"남아가 입신하면 사군(仕君)의 일은 크고, 사친(仕親)의 일은 작다 하오니, 양친 봉양은 제가 스스로 할 것이매, 학사는 갈충보국(竭忠報國)하여 유방백세(流芳百世)[1]하실 따름이온데, 어찌 아녀자를 염려하여 일신영위와 가문 경사를 소홀히 하겠습니까?"

학사는 숙향의 그런 숙덕현행(淑德賢行)에 탄복하고 황성으로 떠나가니라.

이때 양왕이 이위공 상서에게 혼인을 재촉하매, 상서는 이미 한번 허락한 일이라 피하지 못하고, 아들 한림학사에게 처단하

---

1) 꽃다운 이름이 후세에 길이 전함.

라고 은근히 권하니, 학사는 이런 부친의 분부를 받고 그 구혼을 거절할 생각이더라. 학사가 형초(荊楚) 지방에 이르러 본즉 때마침 한재(旱災)[2]가 극심하여 백성이 기근에 신음한 나머지, 그전의 양민(良民)들까지 작당하여 도적으로 화하여 인심이 흉흉하였는데, 황제가 근심하시고 이를 다스리고 구제할 현사(賢士)를 구하라고 조정에 분부하므로, 이때 이학사가 스스로 청하여,

"인심이 산란해짐은 세황(歲荒)한 시절을 당하여 수령(守令)이 백성을 잘 보살피지 않는 까닭에 백성이 기근을 이기지 못하여 난을 짓게 됩니다. 신이 비록 무재박덕하오나 형초 지방을 진무(鎭撫)하여 백성을 안보하고 성상의 근심을 덜어 드릴까 하옵니다."

하고 아뢰자, 황제가 크게 기뻐하시고, 학사를 즉시 형주 자사(荊州刺使)로 명하여 급히 부임하라는 특명을 내리니, 이학사가 사은하고, 고향으로 돌아와서 하직하자, 부모가 반겨서 격려하기를,

"남아가 입신하면 충칙진명(忠則盡命)하나니, 마땅히 백성을 사랑하고 정사(政事)를 부지런히 하여 임금이 바라시는 뜻을 저버리지 말아야 한다."

"이번 행도는 천은(天恩)을 갚삽고, 서울을 멀리 함으로써 양왕의 구혼을 거절하려는 소자의 뜻이옵니다."

하고 봉루당으로 가서 숙향과 작별하기를,

"이 몸이 나라에 헌하여 험지에 부임하매 이친지정(離親之情)

---

2) 가뭄으로 인해 곡식에 미치는 재앙.

이 간절하고, 그렇다고 당신을 데리고 가면 봉친지절(奉親之節)이 또한 난감(難堪)하오."

"그러므로 예로부터 충효쌍전(忠孝雙全)이 어렵다 하오니 집안 일은 너무 염려 마옵소서. 제가 따라서 내려 간다 할지라도, 가는 도중에 은혜 갚을 곳이 많으니 그것도 어렵습니다."

"이번에 임지로 함께 가고 안 가는 것은 당신 생각대로 하려니와 나의 심회를 위로해 주기를 바라오."

하고, 자사(刺使)는 은근히 뒤에 임지로 와 주기를 권하더라. 그만 작별 인사를 하고 총총히 부하들을 휘동하고 형주로 가서 자사로 부임하여 여러 관속을 점고하고 부패한 인사 문제부터 일신하더라. 총명한 신임 자사는 사람의 얼굴과 음성을 살펴 선악(善惡)을 밝히고 등용과 파면을 명백히 하는 동시에 상벌을 공평히 하였고, 창곡(倉穀)을 열어서 기민(飢民)을 진휼하고, 어진 말로 훈유하여 정사가 일신하자, 그 성행하던 도적들이 신관이 부임하여, 저희들을 다 죽이는 줄 알고 혹은 도망코자 하며, 혹은 반란을 일으키려고 하더니, 새로운 이자사의 교유(敎諭)함을 듣고 그 인덕에 열복(悅服)하여 스스로 죄를 뉘우치고 물러가서 농사에 힘쓰게 되더라. 한편 이자사가 친히 순행(巡行)하면서 손수 쟁기를 잡고 권농하여, 백성을 보는 대로 효제충신(孝悌忠信)의 도의로 교유하자 한 달 안에 형주 지방이 격양가(擊壤歌)를 부르며 즐김이 이루 헤아릴 수 없게 되더라.

이때 부친 이상서 댁에서는 연소한 학사를 험지에 보내고 매우 염려하였으나, 그 후에 들리는 소식으로 자기 아들이 부임한 후로 열읍(列邑)이 요천순일(堯天舜日)이 되었다 하므로, 이제는 다른 염려는 없으니 자부는 빨리 가서 아들을 위로하라고 명하였고, 숙향은 즉시 행리를 차렸으며, 숙향은 우선 마고할미 산소로 하직 성묘를 갈 때 청삽살이가 따라와 제물처럼 천연히 묘전에 앉기에 숙향이 개의 등을 어루만지면서,

"네가 비록 짐승이나 네가 아니면 벌써 죽었으리니 그 은혜를 무엇으로 갚으랴."

하고, 탄식하면서 옛일을 생각하고 슬픔을 진정하지 못하자 개가 발로 흙을 긁어 대었으므로 이에 자세히 보니, 글자를 써 놓았으되,

'아아 슬퍼라, 인연이 다하였으니 나는 여기서 영 이별하나이다.'

숙향부인이 깜짝 놀라서 개를 위로하기를,

"내가 너와 함께 고초를 겪다가, 내가 이제 귀하게 되어서 네 은혜를 갚고자 하거늘, 이제 이별을 한다니 웬 말이며, 내 슬픈 마음은 어찌 혼자 떠나겠느냐?"

그러나 개는 마고할미의 묘소를 가리키고 숙향부인을 돌아보며 크게 한 소리 울었는데, 그 소리가 마치 우뢰같이 지천에 진동하였으며, 홀연히 검은 구름이 내려서 개를 둘러쌌다가, 잠시 후에 구름이 사라지는 동시에 개는 간 곳 없더라. 숙향부인은 끊임 없이 흐르는 눈물을 뿌리며 탄식하기를,

"과연 비상한 청삽살개다. 너는 마고할미를 따라 선경으로 갔구나. 네 은혜는 할머니와 함께 잊지 않으리라."

하고, 개가 앉았다가 사라진 곳에 수의를 갖추어 넣은 관을 묻고 제사하며 통곡하니, 산천초목도 슬퍼하는 듯하고, 보는 사람들이 모두 깊은 감명을 받았으니, 숙향은 개의 장례를 지내 주고 부중으로 돌아와서 시부모에게 하직하고 형주로 남편을 찾

아 발행하게 되자, 시부모 서운함을 이기지 못하여 숙향을 잡고 먼길에 조심해서 잘 가라고 당부하니라. 자사부인은 숙향의 여행중에 비복들에게 이르기를,

"지나는 곳에 제사 지낼 곳이 많으니 제천을 갖추어라. 그리고 지나는 곳마다 나에게 지명(地名)을 일일이 분명히 아뢰어라."

하고, 명하매 갈대가 끝없이 무성한 노전(蘆田)에 이르러, 부인은 화덕진군의 은혜를 생각하고 제문(祭文)을 지어서 제사지내었고, 제사가 끝난 뒤에 제단에 올린 보리잔〔菩提杯〕의 술이 없어지고 달걀만한 구슬이 담겨 있으므로 감사하며 거두어 간수하니라.

노전을 떠나서 멀리 가다가 어떤 강가에 이르러, 부인이 표진강이 어디냐고 묻자 하리(下吏)가,

"이 물은 양진강으로서 표진강에 연한 먼 상류(上流)입니다."

"표진강은 여기서 얼마나 되느냐?"

"천 여 리나 되옵니다."

"그러면 수로(水路)로 가는 것이 어떠냐?"

부인은 표진강에 가서 그 강에 빠져 죽으려 하였을 때 구해준 용녀(龍女)와 선녀들에게 제사를 올려 은혜를 갚고 싶었기 때문이니라.

"표진은 형주 가는 길에서는 방향이 외집니다. 여기서 수로로는 여러 강을 건너서 가야 하는데 길이 가장 험악하오니 육로로 가는 것이 마땅하옵니다."

부인은 매우 서운하였으나 일행 하리들의 고역을 생각하고 육로로 직행하려고 마음을 다시 먹었더니, 홀연히 폭풍이 일어

서 강 건너 배를 그냥 몰아서 1주야를 정처없이 갔으므로, 일행이 혼비백산하여 파선되어 죽기만 기다렸으나 어느덧 바람이 자서 물결이 잔잔해졌으므로 부인이 알아보니, 거기가 바로 표진강이라 하였으므로 일동이 크게 놀라서 반신반의하고,

"어제 풍랑을 만나 양진강에서 표진강까지는 천 여 리나 되는데, 어떻게 하루 사이에 왔을까?"

하고, 이상히 여겨 마지않더라. 부인의 귀에 문득 청아한 옥피리 소리가 들려왔으므로 눈을 들어서 보니, 두 명의 선녀가 연엽주(蓮葉舟)를 타고 오면서 옥피리 가락에 맞추어서 노래를 부르더라.

옛날의 이 달 이날에
우리가 이 강에 와서
숙향낭자를 만났더니
금년도 그 달 그날에
숙향부인을 또 만나도다.

하고, 선녀들 탄 배가 어디론지 사라지고 말았으므로 부인이 이상히 여겨 마지않았으며, 일행은 기갈을 이기지 못하였으므로 부인이 쌀을 씻어 솥에 담고 그 안에 노전에서 얻은 구슬을 담아 두었더니, 솥 안의 쌀이 저절로 익어서 밥이 되더라. 일동이 신기하게 여기고 그 밥을 먹고 고마와하면서 숙향부인을 신인(神人)이라고 감탄하여 마지않더라. 부인은 표진강의 물신령에게 제사를 지내서 은혜에 감사하고 또 길을 떠나가니라.

자사부인이 장승상 댁을 찾아서 들러 가라고 명하였으므로

하리들이 그 댁으로 인도하였으매, 밤이 이미 늦었으므로 자사부인이 폐 될까 하여 장승상 댁의 당후(堂後)[1]에서 밤을 지샐 때, 꿈속에 몸이 날아서 내당으로 들어가 보니 한 화상이 벽에 걸려 있고 진수성찬을 차려 놓았으므로 약간 저어하고 돌아왔다더니, 이튿날 아침에 승상부인이 자사부인을 청하여 성찬을 차려서 권하면서,

"존가(尊家) 누지에 임하시어 광채를 배승(拜承)[2]함을 알았사오나, 마침 일이 있사와 즉시 청하지 못하였사오니 미안하외다. 부인은 이 무례함을 용서하시오."

하고 수심에 잠기더라.

"부인은 참경을 보셨습니까? 승상 지난밤에 참절한 곡성을 들었으므로 마음을 진정치 못하여 존부인의 대접을 받기 송구하옵니다."

"실은 지난밤에 죽은 딸의 대상을 지냈으므로 집안에 곡성이 처량하였습니다."

"영녀(令女)의 나이가 몇 살이었습니까?"

"내 딸이 15세에 집을 나갔으므로 그날로 죽은 날로 삼고, 어젯밤에 대상제사를 지내 주었습니다."

장승부인이 슬퍼하면서 말하였으므로 자사부인이 모른 체하고,

"그럼 저와 동갑입니다. 듣잡건대 숙향이 나갈 제 사향의 참소를 면하지 못하고 나갔다 하옵는데, 그 시녀는 그저 댁에 있습니까?"

---

1) 승정원에서 주서(主書)가 거처하던 방.

2) 공경하는 마음으로 삼가 받거나 들음.

장부인이 자사부인의 그 말을 듣고 깜짝 놀라서 반문하기를,

"부인은 어찌 숙향을 아십니까?"

"그저 알고 있습니다."

장승상부인이 눈물을 흘리면서 재촉하기를,

"부인이 숙향을 아시는 곡절을 말씀해 주시오."

"수족자를 파는 것이 있어서 그것을 보고 알았습니다."

승상부인이 더욱 놀랐으며, 자사부인이 시녀에게 그 수족자를 행장 속에서 찾아오게 하여 벽에 걸게 하였다. 이때 부인들이 담화를 듣고만 옆에 있던 장승상이 자기 부인과 함께 그 수로 그린 그림 족자를 바라보았더니, 거기에는 동산에서 숙향을 안고 들어가는 광경과, 승상 부부가 영춘당에서 잔치할 때에 저녁까치를 만나서 근심하던 광경과, 누명을 쓰고 부인 앞에서 자결하려던 광경이 역력히 그려져 있더라. 장부인이 방성통곡하므로 자사부인이,

"그림을 보고 이러시니 불안하옵니다."

"자사부인께서 왕사(往事)를 역력히 모두 아시니 무슨 숨길 필요가 있겠어요?"

하고, 승상부인이 전후 사연을 다 말하고 슬퍼하므로 자사부인이 위로하여,

"친생지녀(親生之女)라도 죽은 후에는 별 수 없는데 남의 자식에 대하여 이렇게까지 잊지 못하십니까? 그 숙향이 비록 죽었으나 영혼이라도 감사할 것이옵니다. 어려운 말씀이나 그 수족자를 저에게 팔아 주십시오."

"내 비록 자식이 없으나, 숙향이가 천행 살았으면 주려고 황금과 채단을 두었지만, 이제 누구를 주겠습니까? 그것들을 드

리겠으니 그 수족자를 우리에게 주시오."

"이것보다도 좋은 숙향의 화상이 존댁에 있다 하오니 보여 주십시오."

"내 침소에 걸어 두었으니 들어가서 보시지요."

하고, 승상부인이 자사부인을 인도하였으므로 가서 보니 과연 자기의 소녀 시절의 모양이 조금도 다름없이 선명하더라. 그 화상을 벽상에 걸고 청사(青紗)로 가려 놓고 그 앞에 온갖 음식의 젯상을 차려 놓아 두고 있었으므로, 자사부인은 감은(感恩)이 뼈에 사무쳐서 슬픔을 억지로 참고,

"승상부인께서 숙향을 이처럼 잊지 못해 하시니, 제가 비록 곱지 못하오나 숙향낭자와 비하여 어떻습니까?"

하고, 머리에 쓴 화관(花冠)을 벗고 화상 옆에 서 보이니, 보던 사람이 모두 놀라서,

"아, 화상이 변하여 자사부인이 되었을까? 부인이 변하여 화상이 되었을까? 참으로 이상하다!"

하고 감탄하였다. 장승상부인은 알도 못하고 눈물만 흘리면서 슬퍼하더라. 자사부인은 그제야 승상부인에게 재배하고,

"제가 과연 그 전의 숙향이옵니다. 가군(家君)이 형주 자사로 부임하였으므로 임소로 가는 도중에 부인께 뵈옵고 예전의 은혜를 사례코자 왔삽더니, 부인께서 저를 지금까지 이처럼 잊지 않으시고 계시니, 이 은혜는 이 세상에서 다 갚아 드리지 못하겠습니다."

이 말을 들은 승상부인은 이것이 꿈이냐 생시냐, 나를 속여서 희롱하는 것이 아니냐고 어찌할 줄을 몰라하더라. 자사부인이 승상부인의 손을 잡고 위로하면서,

"꿈이 아니고 정말이오니 정신을 진정하시고, 지나신 회포를 풀어 주십시오. 저쪽에 제가 있던 방에 제가 나갈 때 써 놓고 간 혈서를 보셨습니까?"

승상부인이 그제야, 이 자사부인이 그 전의 숙향인 사실을 깨닫고 새로운 통곡을 터트리더라.

"제가 사향에게 쫓겨서 이 댁을 나갈 제야 어찌 오늘 슬하에 찾아와서 뵈올 줄 알았겠습니까?"

하고, 강물에 빠졌다가 선녀의 구원을 받고, 노전에서 화재를 만났으나 화덕진군의 도움으로 살아나고, 또 천태산의 마고선녀를 만난 이야기를 하고 있을 때, 장승상이 그 말을 듣고 경희(驚喜)[1]하여 채 신도 신지 못하고 맨발로 급히 뛰어와서 통곡하니라. 자사부인이 장승상에게 재배하고 눈물을 흘리면서 위로하였으며, 장승상 부부를 위해서 성대한 잔치를 베풀어 사은(謝恩)하고,

"희락이 상반하여, 약소한 잔치로 모시나이다."

하고, 곧 시녀를 시켜서 행장에서 미리 마련해 왔던 승상 부부의 의복 일습씩을 갖다 드렸는데, 그것은 숙향부인이 손수 정성껏 지은 선물일러라. 이어서 근처의 여러 부인들을 청하여 사흘 동안이나 큰 잔치를 베풀었는데, 여러 부인들은 숙향부인의 칭찬이 자자하더라.

"승상 댁에는 비록 자녀가 없으나, 이 영화는 십자(十子)가 부러울 것이 없사옵니다."

숙향부인은 장승상 부처의 만류로 한 달 동안 모시고 즐기다

---

1) 뜻밖의 좋은 일에 몹시 놀라고 기뻐함.

가 형주로 떠나가려 하였는데, 거기서는 형주가 그리 멀지 않으므로 자사가 거마(車馬)를 차려서 마중을 보냈더라. 자사부인이 장승상 부부와 석별하고 떠나서 장사(長沙) 땅에 이르자, 기이하게도 사슴과 원숭이와 황새와 까막까치떼가, 자사부인 행차하는 길 앞에 진을 치고 인마(人馬)를 피하지 않았다.

하리(下吏)들이 그 짐승들을 활로 쏴서 잡아 치울 것을 부인에게 청하였으나, 부인은 그러지 말라고 명하고 자사의 수령(守令)에게 분부하여 쌀 닷 섬의 밥을 짓게 하여 갖다 놓고 부인이 친히 타이르자 짐승들이 고마와서 밥을 먹고 흩어져 갔으므로 사람들이 감탄하여 마지않았으며, 이때에 숙향부인의 머리에 문득 떠오르는 생각이 있었으니,

'이제 내가 전일에 진 은혜에 대하여 모두 인사를 하였으나, 지금껏 부모를 만나지 못한 것이 가장 큰 한이다.'
하고 매우 슬퍼하더라. 한 곳에 이르니 그곳이 계양(桂陽) 땅이라고 하리들이 고하기로, 숙향부인이 반색을 하고, 마고선녀가 세상을 떠날 때에 계양 태수 김전이 자기의 부친이라던 말을 생각하고, 이 기회에 부친을 만날지 모른다고 생각하니라. 행차를 재촉하여 계양 태수 있는 성(城)에 이르니, 태수가 성밖까지 나와서 자사부인의 행차를 영접하므로 그 성명을 물으니 유뢰(劉賴)라고 대답하므로 크게 실망하고,

"전에 들으니 계양 태수는 김전이라더니 태수의 성명이 다르니 계양이 또 있습니까?"

"전관(前官)의 김전은 백성을 어질게 진무하여 송성(頌聲)이 높아서 벼슬이 승진하여 양양 태수(襄陽太守)로 전근되었습니다."

부인이 섭섭히 여기고, 여기서 그 양양이 얼마나 되느냐고 묻더라.

"300리쯤 됩니다."

"그곳은 형주로 가는 도중인가요?"

"그곳을 들러 가시면 길을 많이 돌게 됩니다."

부인은 그리로 가고 싶었으나 원로에 피곤한 일행의 하리들의 폐를 생각하여 중지하였으나 마음은 양양으로만 끌려서 어쩔 줄 몰라 하더라.

그 전에 김전이 낙양 태수로 있을 때에 이위공의 명령대로 숙향을 죽이지 않은 연고로 계양으로 좌천되었다가 선(仙)이 형주 자사로 부임한 뒤에 그의 관할 구역 내의 각지 수령(守令)의 치적(治蹟)[1]에 따라 살펴서 인사 이동을 한 결과에 따라, 김전은 한 격 높은 양양 태수로 승진되어 갔던 것이라. 그런데 이 양양 태수의 지위는 형주 자사의 다음가는 중요한 직책이더라.

하루는 김전이 형주로 자사를 찾아보고 돌아오는 길에 반야강가에 어떤 허술한 노옹이 행차 옆에 노변의 바위 위에 누워 있기에 행차에 시종하던 하인들이 불손한 태도에 노하여 잡아 내려서 처벌하려고 하였으며 태수 김전이 그 노옹의 인품이 비상함을 한눈에 보고 깨달았으니, 하인들을 꾸짖어 물리치고 그 앞에 가서 공손히 읍하고 우대하였으나 그 노옹은 태수를 본 체도 하지 않았으므로 김전은 매우 수상스러워서 속으로,

'내 벼슬이 높고 3천 병마를 거느렸으니 심상한 사람이면 감히 함부로 보지 못할 텐데, 이처럼 거만스러우니 좌우간 비상한

---

1) 정치상으로 남긴 공적.

인물이다.'
하고 생각하였으며, 아무러나 그의 근본을 알아보리라고 공수배례(拱手拜禮)하였으나, 그래도 노옹은 모른 체하고 한 다리를 들어서 다른 다리 위에 얹고 팔을 베고 길 위에 누워 버리니, 태수가 더욱 공손한 태도로 두 손을 모으고 시립(侍立)[1]하자, 노옹이 비로소 말하여 가로되,

"너 갈 길이나 갈 것이지, 내가 너더러 절하라더냐?"

"지나가는 행객이오나, 노인을 공경하여 절하고 문안드립니다."

"네가 나를 진실로 공경하거든 멀찌감치서 절해야 좋을 것이 아니냐? 네가 사위 덕으로 그만한 벼슬을 얻었다고 어른을 업신여겨서, 이러니저러니 하는 잡말을 하는 거냐?"

이 말에 김태수는 비로소 노하여 말하기를,

"내가 노인을 공경하여 대하는데 도리어 내가 사위덕에 벼슬하였다고 허튼소리로 모욕이니 그게 무슨 망령이요? 나는 본디 자녀가 없는 사람인데 사위가 어디 있단 말이요?"

"핫핫핫, 숙향이는 하늘에서 떨어졌느냐, 땅에서 솟았느냐. 숙향이는 어디서 났느냐?"

김전이 숙향이 이름 두 자를 듣고, 깜짝 놀라서 다시 재배하고 묻기를,

"제가 노인께 실례하였으니 죄를 용서하십시오."

노옹이 그제야 노기를 풀고 빙그레 웃더라.

"제가 전생에 죄악이 중하여 무자하다가, 늦게야 숙향을 얻

---

1) 웃어른을 모시고 섬.

고 장중보옥같이 사랑하다가 난중에 잃고 지금까지 생사를 몰랐는데, 노인께서 숙향이 간 곳을 아시거든 가르쳐 주시오."

김전이 애원하였으나 노인은 종시 희롱하는 태도로 웃으면서,

"그 숙향이가 있는 곳을 알긴 하지만, 배가 고파서 말할 기운이 없다."

김전은 하인을 시켜서 주점에 가서 주찬을 잘 갖추어 오라고 하였다. 그러자 노옹이 또 까다롭게,

"하인이 가져오면 하인의 정성이니 하인의 자식 간 곳을 물을 생각이냐?"

"아차, 제가 또 실례하였사옵니다."

하고, 김태수가 직접 근처의 술집까지 가서 주찬을 많이 사다 대접하니라. 그러자 노옹은 조금도 사양하지 않고 그 주찬을 다 먹었으며, 그 뒤에 김태수가 다시 숙향의 거처를 물었으매,

"어억, 술을 먹고 보니 취해서 어디 말할 수 있겠느냐?"

"어른께서 모든 실례를 용서하시어 혈육지정을 가긍히 여기시고 알려 주십시오."

"네 정성이 정 그렇다면 여러 하리(下吏)들을 여기서 물리치고 너 혼자 있으면 일러 주마."

김태수가 노옹의 말대로 여러 하리들을 멀리 가 있게 하고 혼자 서서 기다리자, 이때 갑자기 큰비가 억수로 퍼부어서 물이 괴어 허리까지 올라오매, 김태수는 비가 그치고 그 물이 다 빠지도록 그 자리에서 움직이지 않고 서서 기다려도 노인은 잠만 자고 말을 하지 않았으며, 이윽고 눈보라가 불면서 순식간에 쌓인 눈에 전신이 거의 묻히게 되었으나 김태수는 역시 섰던 자리

에서 움직이지 않았기 때문에, 젖었던 옷과 몸이 꽁꽁 얼어서 거의 죽게 되니라.

그제야 노옹이 비로소 잠이 깨고 조용히 말하되,

“네 모양을 보니 과연 자식 생각이 극진하다.”

하고, 소매 속에서 붉은 부채를 꺼내어 공중을 향해서 부치니 천지에 가득 찼던 눈이 금시에 다 녹고 여름 날씨가 되더라. 김태수는 이 노인이 신인(神人)인 줄을 더욱 확신하고 다시 절하며 묻기를,

“제 딸 숙향이 있는 곳을 가르쳐서 제 답답한 흉중을 시원케 하여주십시오.”

“말하려니와, 숙향이 여러 곳에 갔으니, 네가 능히 찾아갈 수 있겠느냐?”

“어디로 갔는지 말씀해 주십시오. 쇠신이 다 닳도록 찾아보겠사옵니다.”

“네가 반야산 바위틈에 버린 것을 도적이 업어 갔다.”

“그 도적의 집이 어디이옵니까?”

“도적이 데려다가 마을에 두었으므로 파랑새와 금까치가 데려갔고 또 후토부인이 따라갔으니, 거기 가서 물어 보라.”

“아아, 그러면 죽은 것이 분명하옵니다.”

김태수는 탄식하고 거의 낙망하더라.

“아니다. 후토부인이 흰 사슴에 태워서 장승상 집 뒷동산에 두었고, 그 집이 무자하여 양녀로 기른다 하니 그곳에 가서 물어 보라.”

“그럼 장승상 댁으로 찾아가 보오리까?”

“또 들으니, 그 집의 사향이가 숙향을 모해하여 내쫓아서 갈

곳이 없어 표진강의 용궁으로 가려고 물에 빠졌다 한다."

"아, 그러면 물귀신이 죽였을 것입니다. 용궁은 수부(水府)인데 어찌 영혼인들 찾아볼 수 있사옵니까?"

"또 듣건대, 채련(採蓮)하던 소녀들이 구해서 육지에 내놓았으나, 길을 잃고 갈대밭에서 자다가 불에 타서 죽었다는데, 그 말이 옳으면 그곳은 육지이니 백골이라도 찾아가거라."

"백골이 지금까지 남아 있을 리 없고, 또 화중(火中) 귀신이 되었으면 쓰러져서 재가 되었으리니 혼백인들 어디 가서 볼 수 있겠나이까?"

"또 들으니 그 화재에서는 화덕진군이 구해 주었으나 의복을 다 태워 버리고 앞을 가리지 못하여 길가의 나무 밑에 누워 있는 것을 마고할미가 데려갔다 하니, 거기로 가서 찾아보라."

"그렇다면 진심(盡心)하여 찾아가겠으니, 그 마고할미 있는 곳을 자세히 가르쳐 주십시오."

"내 들으니, 마고할미가 숙향이를 인간에 두었다 하더라."

"하늘 아래가 모두 인간의 세상인데 어디로 가야 하겠습니까? 숙향이가 있는 지명을 가르쳐 주십시오."

"도대체 네가 그 딸자식을 찾으려는 것은 무슨 뜻이냐?"

노옹은 지금 와서 또다시 엉뚱한 말을 묻더라.

"그 애를 늦게 얻어서 사랑하는 마음을 채 펴지 못하고 난중에 잃었으므로 슬픔을 금하지 못하다가, 이제 선생을 만났사오니, 그 불쌍한 아이의 종적을 자세히 가르쳐 주십시오."

노옹이 갑자기 변색하고 꾸짖듯이,

"그러면 그 어린것을 왜 반야산 속에서 내버리었느냐?"

"도적에 몰려서 가족이 전멸하게 된 위급한 지경이라 마지못하여 버렸나이다."

그러자 노옹이 더욱 노기를 띠고,

"그것은 네 목숨이 아까와서 너만 살기를 위한 탓이었거니와, 그러면 낙양 옥중에서는 왜 그 숙향이를 네가 죽이려고 하였느냐?"

김태수는 그 말에 정신이 아찔하고 후회가 망극하여 어쩔 줄을 모르더라.

"그때의 숙향이가 제 자식이었습니까? 그때 이름과 나이는 같았으나, 어리석은 인간의 눈이 아득하여 깨닫지 못하였습니다."

"허허허. 그것은 네 불명(不明)이 아니라 하늘이 정하신 운수이매 어찌 인력으로 할 수 있겠느냐? 그런데 나는 문 지키는 용왕인데, 어느 해 저녁때 내 자식이 물가에 나가 놀다가 어부에게 잡혀서 거의 죽을 순간에, 네 힘을 입어서 살아났으니, 나도 내 자식을 위하여 너에게 은혜를 갚고자 옥황상제께 고하고, 너로 하여금 네 딸 숙향을 만나도록 하여주라고 하였으나, 네 정이 이처럼 지극치 않았으면 찾지 못하였을 것이니라. 그 숙향이가 겪은 고생은 이루 말할 수 없고, 네가 만나보더라도 네 자식인 줄 알지 못할 것이니 내 말을 명심하고 숙향이와 만나는 날, 그 동안 겪은 일을 차근차근 물어서 지금 내가 한 말과 부합하거든 네 친딸인 줄 믿으라."

하고, 여러 가지 경과를 일일이 일러 주었으니, 김태수가 크게 기뻐하고 배사하면서,

"노선(老仙)의 간곡한 가르치심을 받자오니 감사 말씀 무어라 올릴지 모르겠습니다. 지금 말씀대로라면 형주 자사 이선공의

부인이 숙향이옵니까?"

"그것은 자연히 알게 될 텐데 어찌 천기(天機)[1]를 누설하랴."
하고, 노옹은 홀연히 자취를 감추었더라. 김태수는 이것이 생시의 일이 아니고 꿈속의 일이 아닌가 하고 의아하여 마지않더니라.

김태수는 양양의 아중(衙中)으로 돌아서 부인에게 용왕을 만나서 들은 이야기를 자세히 전하자, 부인이 희비상반(喜悲相伴)하여 앙천장탄(仰天長嘆)하면서,

"우리 생전에 숙향이를 만나보면 죽어도 아무런 한이 없으니, 이제 자사부인이 돌아온다 하지만 어찌 우리 딸이겠습니까마는 시험삼아 물어나 봅시다."
하고 초조한 마음을 금하지 못하더라.

이 무렵에 숙향부인이 양양으로 가지 못하고 근심하던 중, 그날 밤의 꿈에 마고할미가 와서 일러 주기를,

"부인이 이번에 부모를 찾지 못하면 다시 10년 후에나 만날 것이니, 부디 이 시기를 허송하지 마시오."

숙향부인이 반가와서 다시 그 방법을 물으려 하는 순간에 마고할미는 야속하게 홀연히 사라지고 말았다.

꿈을 깨고 난 부인은 대단히 이상하게 생각하고 곧 하리들에게 분부하여 망설이던 양양으로 가게 하라고 분부하였다. 김태수가 자사부인이 양양으로 돌아서 형주로 간다는 소문을 듣고, 용왕에게 들은 말이, '숙향이가 자사부인이 되어 간다'던 말을 생각하고 자기 부부를 찾아오는 것 같이도 믿고 싶었으며, 태수

1) 모든 조화를 꾸미는 하늘의 기밀.

부인은 지난밤의 꿈이 좋았으니 반드시 기쁜 일이 있으리라고 시녀들을 보내서 자사부인의 근본을 미리 알아오라고 일러 두니라. 이윽고 돌아와서 자사부인은 장승상의 딸이라는 말을 고하니 그 말을 들은 김태수 부부가 거의 낙망하고 서운해 하더라.

이윽고 자사부인이 성안으로 가까이 오는 행차를 보매 무수한 갑사(甲士)가 앞뒤로 호위하고 곱게 단장한 시비들이 좌우에 옹위하였는데, 정렬부인 숙향이 금덩을 타고 성문으로 들어오므로 김태수의 부인 장씨가 울면서 탄식하되,

"어떤 사람의 자식은 이렇게 귀하게 되었는고. 숙향이도 살아 있으면 행여 저렇게 되었을지도 모를 것을……."
하고 딸 생각으로 슬퍼하더라. 자사부인이 태수의 객사에 들어 진수성찬의 저녁을 대접받은 후에 태수 내실에서 시녀를 보내어 전갈하기를,

"전에 뵈온 적이 있사오나, 같은 부인이니 서로 만나봄이 어떠합니까? 밤이 달 밝고 고요하니 말씀이나 하면 좋을까 합니다."

태수부인 장씨가 기뻐하며,

"내가 먼저 문안하고자 하였으니 어려워서 감히 청하지 못하였더니 지극히 감사합니다."
하고, 곧 객사로 나가서 인사한즉, 자사부인은 화관을 쓰고 칠보단장의 교의에 앉았는데, 100여 명의 시녀가 차례로 시립(侍立)하였고, 자사부인이 교의에서 내려서 장씨를 맞아 주홍 교의에 앉기를 청하자,

"각관수령의 아내 어찌 자사부인과 대좌(對坐)하오리까?"

하고, 태수부인이 사양하였으므로 이에 자사부인이 지극히 겸손하게,

"주객이 된 자리에서 어찌 주객의 벼슬의 차례를 가리며, 더구나 연세가 존장이신데 어찌 그리 겸손하십니까?"

"그럼 실례하겠습니다."

그제야 태수부인이 교의에 앉고서 자사부인에게 묻더라. 자사부인의 나이를 물었더니, 그 나이가 자기 딸의 나이와 똑같았으므로 눈물을 주르르 흘리더라.

"부인께서는 왜 제 나이를 물으시고 그렇게 우십니까?"

"나도 그 나이의 딸이 있었는데 난중에 잃고 주야로 슬퍼하고 있었습니다."

자사부인이 이 말을 듣고, 한편으로는 기쁘고 한편으로는 슬퍼서 역시 눈물을 흘리며,

"저도 어려서 부모를 잃고 지금까지 만나지 못하였더니 부인의 경우를 듣고 보니, 우리 부모도 저를 그렇게 생각하실 것 같아서 정의를 참아 견딜 수 없습니다."

"그럼 부인은 부모와 이별하고 어느 댁에서 성장하셨습니까?"

"저는 다섯 살 때에 부모를 잃고 당시의 일은 잘 기억하지 못하오나, 사슴이 업어다가 남군 땅의 장승상 댁 뒷동산에 둔 것을, 장승상 댁에서 거두어서 10년 양육하여 주셨사옵니다."

장씨는 그 말을 듣고 자사부인이 장승상의 친딸이 아닌 사실을 알고 또다시 희망을 갖게 되니, 문득 반가운 생각이 들어서 자기도 모르게 자리를 가까이 하고 묻기를,

"부인의 회포가 내 회포와 같으니 슬픈 심사를 위로하십시

다."

하고 잔을 들어서 자사부인에게 권하였더니, 자사부인이 잔을 받아서 들 때에 손에 옥지환 한 짝을 끼고 있으므로 수상히 여기고 자세히 보니, 숙향이를 이별할 때에 옷고름에 매어 주었던 것 같아서 깜짝 놀라서 묻기를,

"어디서 그 옥지환을 얻어 끼셨사옵니까?"

"부모가 저를 이별할 때, 옷고름에 끼워 주신 것이매 항상 부모를 뵈온 듯이 손에 끼고 있사옵니다."

장씨가 그제야 틀림없는 자기의 딸 숙향인 줄을 알고서 반가움을 금하지 못하고, 시녀에게 명하여 자기 침실에 가서 옥지환 한 짝이 든 상자를 가져오게 하니, 그 옥지환 한 짝을 갖다가 서로 맞추어 보니 그 진주 속에 은은한 글자가 있는데, 하나는 목숨 수(壽) 자, 하나는 복(福) 자가 이제 짝을 찾은 셈이라. 이 쌍가락지는 태수가 장씨에게 봉채로 준 진주알을 옥지환에 박아서 만들었던 보물이더라. 그 뒤에 늦게 딸을 얻었을 때, 오색구름이 온 집을 둘러싸고 향기가 방 안에 진동하였기 때문에 딸의 이름을 숙향이라고 짓고, 불행히 단명할까 두려워서 생년월일시의 사주를 써서 금낭(金囊)에 넣어 기르다가, 5세 때에 난리를 만나서 피란하다가 반야산에서 도적의 추격이 급하였기 때문에 딸을 바위틈에 두고 갈 적에 옥지환 한 짝을 속옷고름에 매어 주고 잠깐 피란하고 도적이 간 뒤에 다시 찾아갔으나 딸이 종적을 감추었더라는 지난일을 이야기하였고, 또 이어서 최근에 가군(家君) 태수가 길에서 한 노옹을 만나서 이러이러한 이야기를 들었더니, 오늘 자사부인을 만나서 우연히 옥지환 한 짝을 보니 피란 때 자기 딸 숙향에게 채워 준 그것과 꼭 같으므로

기적과 같은 인연이라 반신반의로 슬퍼한다고, 장부인은 긴 이야기를 한숨 섞어 하소연하더라. 그리고 나서 장씨는 옥지환 한 짝과 기록한 것을 자사부인에게 주면서 보라고 권하였으며, 자사부인이 그 기록의 생년월일시가 자기의 금낭에 있는 사주와 똑같으므로 놀라는 마음이 황홀하여 어쩔 줄 모르다가 마침내 통곡하다가 기절하더라. 장씨가 크게 놀라 급히 붙잡고 구호하여 자사부인이 보여 준 주머니에 든 사주 쓴 글씨가 남편 태수의 필적이 분명하므로 그제야 자기의 친딸 숙향임을 확신하고 방성통곡하더라. 이 광경을 본 100여 명의 시녀들이 이상히 여기고, 그 말을 들은 모든 사람들이 희한하게 여기더라.

김태수가 이 말을 듣고 크게 놀라고 크게 기뻐하여 취한 듯 미친 듯 어쩔 줄 모르니, 숙향부인은 곧 남편 형주 자사에게 사람을 급히 보내어 부모 만난 사실을 기별하였으며 그 기별을 받은 자사 이선이 곧 위의를 갖추고 양양으로 달려와서 태수 김전과 장부인을 장인 장모로 대하여 절하였고, 이어서 형초(荊楚) 지방의 열읍(列邑)의 태수 부부들을 청하여 낙봉연(樂逢宴)을 베풀고 원근 사람을 모아 큰 잔치를 베풀었다.

이때 강릉(江陵) 사람 양회간이 태부(太府) 벼슬을 하고 유수(留守)를 받아 이 지방의 집에 와 있다가 이 기별을 듣고 기특히 여기고, 상경하여 황제께 여쭈었다. 황제가 이위공을 불러서 그의 아들 형주 자사 이선과 숙향의 인연을 하문하셨으매, 이위공이 전후사를 모두 주달(奏達)하자 황제가 매우 신기하게 여기시고 칭찬하여 하시는 말씀이,

"이선이 한번 형주 자사가 되매, 그 극심하던 도적들이 다 화하여 양민이 되었으니, 이선은 일도(一道)의 자사가 될 재목이

라, 마땅히 천하를 모두 살릴 큰 인재니 형주 자사로 오래 두지 못할 것이오."

하시고 김전을 형주 자사로 승진시키고 이선을 조정으로 불러올렸으니 이선이 상경함에 있어서 장인인 자사 김공에게,

"황상께서 저를 부르시니, 제가 상경하여 황상께 품하야 빙장도 내직을 제수하여 상경하시도록 하겠사오니 아직은 여기서 치민하고 기다리십시오."

하고 하직 인사를 고하니, 자사 김전은 그립던 딸 숙향을 만난지 얼마 못 되어서 또 이별하게 되니 섭섭한 정을 이기지 못하더라. 숙향은 부모와 또다시 이별하는 것이 슬퍼서 머리를 싸고 자리에 누워 일어나지 않으므로 김자사의 부부가 위로하여,

"우리가 이렇게 귀하게 된 것은 모두 네 덕이며, 너는 서울에 올라가서 잘 도모하여 우리를 속히 조정의 내직으로 가도록 힘써라."

"벼슬이 비록 귀하오나, 부모를 모시고 함께 늙음만 같지 못하옵니다."

하고 울면서 슬퍼하매, 황제가 영전을 시켜서 조정으로 부르시는 남편 이선을 따라서 상경하는 길에 오르더라. 이선이 상경하여 대궐에 들어가서 황제를 뵙고 수일 후에 상소하기를,

"신이 아비와 동품(同品)이 되기 미안하오니, 신의 벼슬을 적당히 하교(下教)하여 주시옵소서."

황상이 이에 비답(批答)[1]하여,

"나라에 이위공만한 인물이 없으니, 위공의 벼슬을 더하여

1) 상소에 대한 임금의 하답.

위왕(衛王)에 봉하고, 김전으로 병부상서에 승진시키고, 이선으로 초공대승상(楚公大承相)을 제수하겠노라."
하는, 일문 영달의 고마운 분부이시매, 위공은 황공하여 위왕의 부자가 여러 번 영위(榮位)를 사양하였으나 황제가 허락하시지 않았으므로 하는 수 없이 사은 배수하더라. 황제가 인견하시고 숙향을 만난 사연을 물으시매, 초공 이선이 전후 사연을 상세히 아뢰었더니 황제가 칭찬하시고 말씀하니라.
"이것은 모두 경의 넓은 덕이요, 짐이 또한 경의 덕을 입고자 하니 힘을 다하여 충성껏 도와 주기 바라오."
초공 이선이 사은하고, 이어 남군 땅의 장승상이 애매하게 오래 정직(停職)[2]중을 아뢰니, 황제가 그를 용서하고 우승상(右丞相)으로 부르셨더라. 이에 감격한 장승상 부인이 상경하여 숙향 부인의 손을 잡고 반가운 눈물을 비 오듯이 흘리니, 초공 이선이 승상부인을 위로하고 주찬을 베풀어 종일 즐거워하더라. 그리고 정렬부인 숙향은 장승상 부부와 부모를 모두 서울에서 만나서 영화롭게 지내게 되었으므로 기쁨을 이기지 못하므로, 초공 이선은 예약을 갖춘 큰 잔치를 베풀고 조정의 백관을 모두 초청하니, 구름같이 차일(遮日)[3]은 반공에 나부끼고 생소고락(笙簫古樂)은 천지를 진동시켰고, 금수병장(錦繡屛粧)과 기용즙물(器容什物)이 구비치 않은 것이 없으니, 그 장함이 천고에 처음 보는 광경이었으니, 문무천관(文武千官)이 모두 잔을 들어 축하하여 몸을 일으켜서 위왕께 하례하고 초공을 향하여,

2) 공무원의 징계 처분 중의 한 가지. 일반직 국가 공무원이 직원으로서의 신분을 지닌 채 일정한 기간 직무를 정지당하는 일.
3) 햇볕을 가리려고 치는 포장.

"명공(明公)의 문장은 이미 아는 바이거니와 음률(音律)을 잘 하신다 하니, 우리를 취후(醉後)의 높은 흥을 도와 아름다운 거문고를 한번 희롱함을 아끼지 마소이다."

이런 손님들의 청을 받고 초공 이선이 미처 대답치 못하고 있을 때 그의 부친 위왕이 흔연히 웃음을 띠고 초공을 돌아보고,

"네 음률이 소홀하나 제공(諸公)이 너를 사랑하셔서 오늘 이런 좋은 잔치에 한번 듣고자 청하심이니, 너는 사양치 말고 한번 시험하여 빈객의 웃음을 도우라."

초공이 부친의 분부를 듣고는 사양치 못할 줄 알고 칠현금(七絃琴)을 스르릉 비껴 놓고 한 곡조 타니, 그 소리가 청아하여 단봉(丹鳳)이 옛 보금자리에 내림과 같은 율성(律聲)이 신기하여 귀신이 감동할 정도더라. 그 곡조의 가락에 이르되,

'인생은 초로 같고, 공명은 부운이로다. 전생의 언약이 중함이여, 인생에 만나기를 다하도다. 인연의 늦음이여 만고 풍상이 일장춘몽이로다. 요지(瑤池)의 꿈을 이룸이여, 평생의 한을 이루었도다. 성은이 융성함이여, 작위(爵位)[1]가 일신에 무겁도다. 충성을 다함이여, 만분의 일이나 갚사올까 하였더라.'

모든 사람의 취흥이 새로와서 그 율성의 청량함과 뜻이 신기함을 칭찬하고 오직 위왕의 복록을 하례하더라. 이윽고 날이 저물고 황혼이 되매 여러 빈객이 돌아갈 제에 벽제(碧蹄)의 차마(車馬)가 10리에 잇닿는 장관이더라.

초공은 장승상과 김상서의 집을 이웃에 짓고 서로 사이에 문을 만들고, 정렬부인 숙향이 세 집의 부모를 한결같이 섬기더

---

1) 벼슬과 지위. 관작과 위계.

라.

양왕은 황제의 세째 아우인데 무남독녀의 공주는 용모와 재주가 겸해 뛰어나고 시서(詩書)에 능통하였고, 양왕이 소저를 낳을 때 얻은 꿈에, 선관이 매화꽃 한 가지를 주면서,

"이 꽃은 봉래산(蓬萊山)의 설중매(雪中梅)니, 그대는 이 매화나무에 오얏나무를 접하면 지엽(枝葉) 번성하리라."

하더니 과연 그 달부터 부인이 잉태하여 만삭에 공주를 낳았으므로 이름을 매향(梅香)이라 하고 자를 봉래산이라 하였으니, 점점 자람에 따라 용모와 재주가 비상하니, 양왕이 애중하여 배필 고르기를 여간 엄격하게 하지 않더라.

그러던 중에 우연히 이선을 한번 보고 대현군자(大賢君子)인 줄 알고 구혼하여 그의 부친 위왕의 허락을 얻고, 장차 길일을 택하려고 하던 차에 이선이 다른 데 취처함을 알고 크게 노하여 퇴혼하려고 하였으나, 매향공주가 말하기를,

"충신불사이군(忠臣不事二君)이요, 열녀불경이부(烈女不更二夫)라 하나이다. 부친께서 이미 다른 데 구혼하시려 하니, 소녀 차라리 불효를 끼쳐서 목숨을 바칠지라도 타문(他門)에는 결단코 가지 않겠습니다."

하고 부친의 뜻에 따르지 않았으며, 양왕이 오래 침묵하고 생각한 끝에 말하기를,

"내 슬하에 아들이 없고 오직 너 하나뿐이라, 어진 사위를 얻어 후사를 위탁하고자 하거늘, 네가 그러하니 이것이 모두 이 아비의 박복한 탓이다."

하고 긴 한숨을 쉬며 탄식하니, 공주가 재배하고,

"소녀는 부모의 말씀을 수화(水火)라도 피하지 않사오나, 이

런 일만은 순종할 바가 아니오매, 그 죄로 만번 죽어도 아깝지 않습니다."

하고 공주가 뜻을 변하지 않으므로 양왕은 매우 근심하던 차에 이선의 벼슬이 초공에까지 이름을 보고, 왕비 최씨와 상의하여 말하되,

"이랑의 벼슬이 초국공에 이르고 위인이 특출하니, 매향은 둘째 부인으로 삼아도 좋을까 하는데 당신의 의향은 어떻소?"

"그 애한테 물어 보십시다."

하고 곧 공주를 불러 물어 본즉,

"타문에는 가지 않기로 결심한 저인데 차비(次妣) 됨을 어찌 욕되다 하오리까."

"그러면 위왕을 만나서 다시 의논해 보겠다."

하고 이튿날 아침, 조회에 들어가서 어전에서 위왕을 보고,

"위왕은 우리 집과 혼인을 이미 허락하고 타처와 하신 것은 웬일이오?"

하고 추궁하자, 위왕이 부끄러워하면서 사과하고,

"저로서 약속을 어김은 낯 둘 곳이 없사오나, 당초에 제가 상경한 사이에 맏누이에게 선의 수양을 시켰더니 제가 서울에서 귀가(貴家)의 소저와 약혼한 줄을 모르고 타문에 혼인하였으니, 지금 와서 변명할 길이 없습니다."

황제가 그 말을 들으시고,

"이선의 일은 다 아는 바이니, 그의 불민함도 아니고 천정(天定)함이니, 다투지 말고 양왕은 다른 데 구혼함이 어떤가?"

양왕이 머리를 숙이고 말하되,

"성교(聖敎) 지당하오나 신의 딸이 그냥 늙을지언정 타문을

밟지 않으려 하오니 그 정상이 가장 민망하옵니다."

황제가 이 매향공주의 뜻을 칭찬하시고,

"경녀(卿女)의 절행(節行)이 족히 고인(故人)에 못지않으니 기특하다. 이제 이선의 벼슬이 족히 두 부인을 두리니, 경의 뜻이 어떤고?"

양왕은 황제의 말에 즉시 찬성하여 사은하였으나, 위왕은 엎드려서 아뢰되,

"양왕의 공주는 금지옥엽(金枝玉葉)이라 선의 차위(次位)에 굴(屈)함이 불가하오나, 어찌 성교를 위월(違越)하오리까?"

"짐이 이제 이선을 불러 결단하겠소."

하고 선을 부르시니, 초공이 필경 양왕의 혼사인 줄을 알고, 병을 빙자하고 부르심에 응하지 않자 근심한 정렬부인 숙향이,

"황상께서 명초(命招)하시는데 어찌 칭병하십니까?"

"이번에 부르심이 양왕의 혼사 때문이라 칭병하고 피할 생각이오."

이 말을 들은 부인이 정색을 하고,

"공(公)이 비록 나를 위하여 감사하오나, 신자(臣子)의 도리로 옳지 못합니다."

"나도 그런 줄을 알지만, 어전에서 사혼(賜婚)하시면 죄를 면치 못할 것이요. 만일 그 여자를 취하여 불미한 일이 생기면 부인의 괴로움이 적지 않을 것이오. 하물며 그 여자가 국척(國戚)의 위세를 빙자하여 가중(家中)을 탁란(濁亂)[1]시키면 우리 가문의 청덕(淸德)이 이로 인하여 손상되리니, 황송하나 거절함만

1) 사회나 정치가 흐리고 어지러움.

같지 못하오."

"그러나 그 혼사를 거절함은 두 가지 뜻에서 불가하옵니다. 하나는 군명(君命)을 거역함이 신자(臣子)의 도리가 아니요, 하나는 그 여자가 타문에는 출가하지 않고 백년을 독수공방하오면 그 원한을 사나이 대장부가 살 바가 아닙니다."

부인의 이런 충고에도 이선이 마침내 듣지 아니하더라.

사관이 돌아가서 그대로 고하자, 황제가 양왕에게 이선이 병으로 입궐하지 못한다 하니 다음 기회로 하자고 말씀하셨으나, 양왕은 초공이 혼사를 거절하고 거짓 병으로 어명(御命)까지 거역함을 짐작하고 격분하여, 장차 이선을 해칠 앙심을 품게 되니라.

이때 황태후(皇太后)가 병을 얻으셔서 증세가 이상하여 귀먹고 말 못 하고 눈도 보지 못하였으므로 조정이 황황하고, 황제 또한 우려하여 음식을 전폐하시니, 하루는 도사(道士) 한 명이 전상(殿上)에 이르러 하빈도(下貧道)는 운유(雲遊)하는 도사이온데 황태후 병환이 중하시다는 말을 듣고 약으로 치료해 올리려고 왔다고 아뢰기를,

"이 병환이 침약으로 고치지 못하옵고, 봉래산의 개연초(開燕草)를 얻어야 말을 하실 것이요, 동해 용왕에게 개안주(開眼珠)를 얻어야 다시 만물을 보실 것입니다. 그러니 어진 신하를 보내서 구하옵소서."

하고 문득 자취를 감추니, 황제가 신기하게 여기시고 조신(朝臣)을 모아놓고 그 일을 의논하시기로 이때 양왕이 아뢰되,

"조정의 신하 가운데 이선의 재주가 과인(過人)하니 그것을 구하려 보냄직하옵니다."

황제가 양왕의 말을 그럴듯이 여기고 곧 초공 이선을 불러서,

"짐이 경의 충성을 알고 부탁하니 한번 수고를 아끼지 말고 신약을 구해 오면, 짐이 강산을 반분하여 은혜를 갚을 생각이니, 경은 사양치 말고 꼭 성공하기 바라오."

초공이 관을 벗고 머리를 조아려 여쭈되,

"신(臣)이 몸을 나라에 바쳤으매, 수화(水火)를 피하지 않고 사생(死生)을 돌아보지 않음이 신자(臣子)의 직분이오니 충성을 다하여 구해 올리려니와, 봉래산은 종남(終南)에 있삽고, 동해는 수궁(水宮)이오니, 살아서 돌아올 수 있을는지는 단정하기 어렵사옵니다."

하고, 어전을 물러나서 집으로 돌아오자, 부친 위왕과 장인 김상서와 장승상까지도, 이번에는 이선이 돌아올 수 없을 죽은 사람으로 여기고 슬퍼하더라. 초공 이선은 떠날 길이 바쁘므로 빨리 성공하고 돌아오겠다고 부친에게 하직하고 부인의 침소로 와서 이별할 적에,

"이번 길이 돌아오기 어려우니 부인은 내 대신으로 부모를 지성으로 모셔서 내 소원을 저버리지 말아 주시오."

숙향부인은 침착하게 남편을 위로하고 또 격려하면서,

"행도(行道)가 비록 어렵다 하더라도, 충성을 다하여 구하시면 천의(天義) 또한 무심치 않을 것이요, 시부모 봉양은 저의 직분이오니 조금도 걱정마시고, 돌아오실 날을 예정치 못하오나 행도에 천만보중하여 속히 회환하심을 축수하옵니다."

하고, 옥지환 한 짝을 주면서 다시 당부하더라.

"이 진주가 눈물을 흘리거든 제가 병든 줄 아시고, 빛이 검어지거든 죽은 줄로 아십시오."

이선도 이에 응하여 북창 밖에 서 있는 동백나무를 가리키고,
"저 나무가 울거든 병든 줄 알고, 가지가 무성하거든 내가 무사히 돌아오는 줄 아시오."
하고, 곧 작별하는 남편에게 숙향부인은 봉한 편지 한 장을 주면서,
"나하고 함께 살던 마고할미는 천태산에서 선약을 다스리는 선녀이니, 그 할머니를 찾아가서 이 편지를 전하면 편의를 봐줄까 하옵니다."
초공 이선이 길을 떠나서 해로(海路)를 배로 간 지 10여 일 만에 태풍을 만나서 배가 물 속에 침몰하여 일행이 거의 죽을 지경에 이르렀을 때 홀연히 물 속에서 한 물짐승이 나왔는데, 크기가 산악(山岳) 같고 뒤웅박만한 두 눈이 불빛 같은 광채를 내고 있었으며, 그 짐승이 큰소리로,
"너희들이 어디서 왔는데 이 바다를 지나면서 용왕에게 제사도 지내지 않고 당돌하게 그냥 지나려고 하느냐?"
초공 이선이 위급한 중에서도 침착한 태도로,
"나는 중국의 초공 대상서(大尙書) 이선인데, 황태후 환후중하시와 황명을 받고 봉래산으로 신약을 얻으러 가다가, 마침내 이 귀한 지방을 지나게 되었으니 길을 빌리라."
하고 명하듯 당부하니라.
"잡소리 말고 가져가던 보배를 썩 내려 길세를 주고 가라."
하고 그 거대한 물짐승은 배를 잡아 엎으려 하는고로 이선은 황급해서 애원하지 않을 수 없더라.
"그러지 말고 부디 길을 빌어 다오. 가지고 가는 것이라고는 양식밖에 없다."

그러자, 물짐승은 화를 내고 배를 잡아 흔들고 행패를 부리므로 이선의 일행이 먹을 양식밖에 없는데 무슨 보배가 있겠느냐고 애걸하니,

"거짓말 말고 네 몸에 가진 보배를 주어야지 그렇지 않으면 여기서 너희들을 모두 죽이고 한 명도 돌려보내지 않겠다."

사세가 급해진 이선은 부인 숙향이 이별할 때에 주던 옥지환을 내어주자, 물짐승이 그것을 받아 보고 호통치기를,

"이놈, 이것이 동해 용왕의 개안주(開眼珠)인데 어디서 훔쳐 왔느냐?"

하고, 배를 사납게 끌고 깊은 바닷물 속으로 달아나기 시작하였으니, 배에 탔던 여러 수행원과 이선은 이제는 절대절명이라고 공포에 떨고 있었는데, 이윽고 어느 큰 궁전에 다다르니 물짐승은 배를 매고 탔던 사람들을 잡아다 용궁 앞에 놓고,

"제가 변방을 순행하다가 동해 용왕의 개안주를 훔쳐 가는 놈들을 잡아왔사옵니다."

하고, 옥지환을 용궁 안으로 들여보내니 이선이 이상히 여기고 어리둥절해 있자니, 이윽고 안에서 용포관대(龍袍冠帶)한 선관이 나오더니 이선에게 문초하기를,

"너는 어떤 자인데 수궁(水宮) 보배를 도적질해 갔느냐?"

"그것은 우리 집의 세전지물(世傳之物)[1]이지 결코 누구의 것을 훔친 것이 아니다. 내가 황명으로 선약을 구하러 먼 길을 떠날 적에, 회환을 기약키 어려운지라 실내(室內)가 이것을 선물로 삼아 준 것인데, 나도 그 근본 출처는 자세히 알 수 없다."

---

1) 대대로 전해 내려오는 지물.

이 말을 들은 선관은 용궁 안으로 들어가서 용왕에게 그대로 고하였더니, 용왕이 매우 의아스럽게 생각하고, 그 관원에게 이것을 선물로 주던 부인의 성명을 알아 오라고 분부하니라. 관원이 궁중으로 간 후에 이선은 장차 어찌 될까 매우 근심하고 있던 중, 이윽고 용포관대한 선관이 나와서,

"그 옥지환을 당신의 부인이 준 것이라 하였으니, 그 부인은 누구의 딸이며 성명이 무엇이오?"

하고 이번에는 아까와는 달리 매우 공손한 태도로 묻기에,

"아내는 낙양 김전의 딸이요. 이름은 숙향이며, 나는 낙양 북촌리 이위공의 아들 선이다."

그 선관이 들어가서 용왕에게 고하자 금방 크게 깨닫고 기뻐하면서, 곧 위의를 갖추어 이선을 귀빈으로 영접하매 융성한 광경이 용궁을 진동시키고 몸에 곤룡포를 입고, 머리엔 통천자금관을 쓰고, 손에 백홀(白笏)을 잡은, 위의 거룩한 용왕이 나와서 이선을 맞고 예하니라.

이선이 송구하여 절하자, 왕이 손을 잡아 보의(寶椅)에 앉힌 후에 사과하기를,

"나는 이 바다를 다스리는 용왕인데, 귀인(貴人)이 이곳을 지나실 줄은 꿈에도 몰랐습니다. 예전에 나의 누이가 부왕께 득죄하고 반하강에 귀양갔다가 어부에게 잡혀서 거의 죽게 되었더니, 김상서의 구하심을 받아서 살아났으니 그 은혜를 갚을 길이 없기로, 진주로 보은(報恩)하였던 것입니다. 이 진주는 용궁의 극보(極寶)라, 복 복(福) 자의 진주를 사람이 가지면 오래 살 뿐 아니라, 죽은 몸에 얹어 두면 천년이라도 살이 썩지 않는 보배입니다. 그 때문에 상서의 기운이 멀리 비쳤기 때문에 소졸(小

卒)이 순행하다가 그 상서로운 기운을 보고 잘못 존위(尊位)를 놀라게 한 죄가 크니 용서하십시오. 그러나 황태후의 병환을 위하여 봉래산으로 신약을 구하려 가신다 하니, 그 상계(桑界)가 1만 2천과 12자를 지나야 하며, 길이 가장 험악할 뿐 아니라 약수(弱水)가 가로놓여 있으니 인간의 배로는 건너가기 어려울까 합니다."

그 말에 초공 이선이 놀라며 거의 절망하고 대답하기를,

"뜻을 이루지 못하고 헛되이 죽을 따름입니다."

"비록 그러하오나 이것이 천생의 액운으로서 인력으로 피하지 못하려니와 너무 염려하지 마시오."

하고, 잔치를 베풀어 크게 환대할 때 밖에서 한 소년 왕자가 들어와서 좌석에 앉았으므로 왕이 의아히 여기고 묻기를,

"너는 왜 왔느냐?"

"선사(仙師)께옵서 저에게 이르시되, '네 공부는 이미 이루었으나 장래 태을[1]의 힘을 얻어야 전도가 막히지 않으리라. 이제 태을이 옥황상제께 득죄하고 인간으로 귀양가 있다가, 황명(皇命)을 받고 봉래산으로 선약을 구하러 가다가 필경 이 수부(水府)를 지날 테니 편히 봉래산까지 모셔 드리면 후일에 반드시 은혜를 갚음이 있으리라' 하시기로 왔습니다."

용왕이 크게 기뻐하고,

"그러면 네 의복을 고쳐서 선관의 모습을 하고 내 공문(公文)을 가지면 도중에서 의심을 받지 않으리라."

하고, 그를 만반 차비를 해주었더니, 소년이 초공 이선을 향하

---

1) 전생의 이선을 말함.

여 절하고,

"소생은 수부의 왕자로서 일광로(日光老)의 제자이온데 스승의 명을 받들고 상공(相公)을 모시고 가려고 왔습니다."

이선이 반색을 하고 용왕을 향하여,

"데리고 온 수행원은 어찌하오리까?"

"그 사람들과 배는 도로 돌려보내시오."

하고, 용왕은 수신(水臣)을 불러서 영거(領去)[1]에 보내라고 분부하더라.

초공 이선이 지금까지 죽을 고생을 함께 한 수행원들을 하직해 보내자 용궁의 왕자가 벌써 가벼운 배 한 척을 대령하고 있기로, 이선이 그 배에 오르자 순식간에 어디로인지 달려가더라. 번개같이 달리는 배 안에서 왕자가 이선에게,

"공(公)은 진세속객(塵世俗客)이라 선경(仙鏡)을 임의로 왕래하지 못하시리니 먼 도중에 많은 물신령이 검문할 때는, 제가 부왕(父王)의 공문을 빙자하겠으니 저 하는 대로 하십시오."

하고, 알려 주었고 회회국(回回國)에 이르니 사람들이 바다로 다니지 않고 뭍으로 돌아다녔는데, 그 나라를 지키는 왕의 성명은 정성(井星)으로서 성품이 매우 온순하더라. 왕자가 왕을 찾아가서 보고 부왕의 공문을 드리니, 왕이 즉시 통과허가의 인을 찍어 주고, 나와서 초공을 만나보고 공경하고 전송하더라.

또 한 나라에 이르니 이 나라의 사람들은 밥을 먹지 않고 꿀만 먹고 살았으며, 왕의 성명은 필성(畢星)으로서 이선의 선조의 후예였으니, 왕자가 대궐에 들어가서 공문을 드리니, 왕이

1) 함께 데리고 감.

즉시 인을 찍어 주고 친절하게 충고하여,

"그대 태을을 인도하여 가거니와 이 앞의 길이 가장 험하니 부디 조심하라. 우리는 하늘의 이십팔수(二十八宿)로서 상제께 죄를 짓고 이 땅 위로 귀양을 와서 살고 있다. 다음의 수성(水星)을 만나면 통과가 가장 어려울 테니 조심하라."

용왕의 왕자는 이 호밀국(好密國)의 왕에게 사례하고 떠나서 그 다음의 유리국(琉璃國)에 이르니, 이 나라 사람들은 의관과 물색이 주옥 같으나, 누리거나 비린 음식을 먹지 않았으며 왕의 성명은 기성(箕星)이라 하니라. 왕자가 공문을 보이려 들어가니 대뜸 책망하여 말하되,

"이곳은 선경이라 범인(凡人)이 함부로 출입하지 못하는데, 어째서 잡인(雜人)을 데리고 왔느냐?"

하고, 용왕의 왕자를 본 체도 하지 않으매, 초공 이선을 인도하여 가는 사연을 고하니, 왕이 빙그레 웃으면서,

"이번은 그대 낯을 봐서 통과를 허락하마."

하고, 공문에 인을 찍어 주니, 왕자는 겁이 나서 곧 떠나서 다음 나라 교지국(交趾國)에 이르니라. 그 나라 사람들은 오곡(五穀)을 먹지 않고 차(茶)만 먹고 살기 때문에 모두 짐승 같은 모양을 하고 있었으니, 왕의 이름은 규성(奎星)이라 성질이 사나와서 타국 사람이 국경을 범하면, 누구를 막론하고 시비(是非)를 가리지 않고 잡아죽였으므로, 왕자가 이선에게 이 나라를 통과하기 어려울지 모르니 조심하라고 말한 뒤에, 왕에게 청하려고 궁궐로 들어가서 공문을 보이자,

"봉래산 영지(靈地)로 네가 태을을 데리고 가지만, 그는 이미 인간으로 귀양간 자인데, 왜 이곳을 지나려고 하느냐?"

하고, 노해서 왕자와 이선을 잡아다가 구리성 안에 가두기로, 왕자가 초공에게 안심시키면서,

"규성왕이 본디 성질이 사나와서 아무의 말도 듣지 않으며, 내가 선생께 청하려 갔다 오겠으니 잠깐 여기서 기다리시오."
하고, 살며시 구리성에서 도망해 나와서 용궁의 일광로에게 고지국에서 이선이 잡혀서 간힌 사정을 알리니,

"그 왕이 본디 거북이라 내가 가지 않으면 안 되겠다."

즉시 구름을 타고 구하러 달려왔고, 왕자는 먼저 와서 또다시 몰래 구리성에 들어가서 이선과 함께 갇혀 있었더니, 일광로가 와서 규성왕을 보고 이선의 사정을 말하고 양해를 구하기를,

"그분은 본디 태을인데 천상에서 옥황상제께 득죄하고 인간으로 내려와서 고초를 겪음으로써 천상의 죄를 속죄하고, 봉래산으로 약을 구하러 가는데, 만일 태을이 가는 길을 지체시키면 황태후의 병을 구하지 못할 터 지체 말고 곧 놓아 드려라."

"그렇사옵니까?"
하고, 규성왕이 이선과 용왕의 왕자를 석방하고 공문에 인을 찍어 주므로, 그들이 다시 배를 타고 갈 적에 물 가운데서 홀연 오색구름으로 탑을 쌓았는데, 그 위에 선관 두 명이 앉아서 풍악을 울리고 있더라.

"동편에 앉은 분이 우리 스승이시고 서편에 앉은 이가 규성왕이옵니다."
하고 왕자가 말하매, 이선이 부러워하며 앞길이 멀고 험함을 한탄하여 마지않더라.

"우리도 멀지 않아 그리 될 것이니 안심하고 기다리시오."

왕자의 위로를 받으면서 한 곳에 이르니, 부희국(富喜國)이라

는 땅인데, 사람들의 키가 열 자나 되고 사람과 짐승을 잘 잡아 먹는 무서운 풍습이 있었으니, 왕의 이름은 진성(軫星)인데 수성(水星) 중의 끝의 동생〔말제(末弟)〕이니라. 왕자가 성중으로 통과 허가를 맡으러 들어가면서,

"제가 성중으로 가면 필연 이 나라 사람들이 공을 침해할 것이니, 급하거든 이 부적(符籍)의 영험으로 물리치시오."

하고 성중으로 들어갔으며, 왕은 공문을 보고 곧 인을 찍어 허가하였으나, 이선이 왕자를 보내고 관역(官驛)에서 기다리고 있을 때, 이 나라 사람들이 몰래 와서 이선을 헤치려고 습격하니, 이선이 당황해서 왕자가 주고 간 부적을 공중에 던지자 갑자기 풍랑이 일어서 폭한들은 물에 빠져 죽고, 이선이 탄 배는 어디론지 달려서 걷잡을 수 없게 되더라. 이선은 폭한들의 박해는 비록 피하였으나 왕자와는 만나지 못하게 되었으므로 크게 낙망하고 어쩔 줄을 몰라 할 때 물 속에서 홀연히 술에 취한 신선이 고래를 타고 나타나서 이선의 배를 막고 힐난하기를,

"네 모양을 보니, 신선도 아니요 속객도 아니요 용왕도 아닌데, 어디서 용왕의 배를 훔쳐 타고 어디로 가느냐?"

"나는 중국 병부상서 초국공 이선인데, 황태후 병환이 중하시와, 황제께서 나를 명하여 봉래산에 가서 약을 구하러 가는 중이니 부디 길을 가르쳐 주십시오."

"흥, 가소로운 소리 작작하라. 네가 병부상서라면 옛글도 보지 못하였느냐? 삼신산(三神山) 십주(十州)란 말이 다 허무하다. 불사약(不死藥)을 구하려면 진시황(秦始皇)과 한무제(漢武帝)도 못 한 일을 네가 어찌 봉래산에 갈 수 있겠느냐?"

"비록 지극히 어려운 일일지라도 군명(君命)을 받자 왔으니

죽을 때까지 얻으러 가겠습니다."

"그런 몽상은 그만두라. 내가 탄 이 고래가 구만리장천(九萬里長天)을 순식간에 왕래하되, 아직 봉래산은 보지 못하였으니, 아무튼 나와 함께 찾아보겠느냐?"

하고, 선관은 이선이 탄 배를 고래에게 끌리고 정처없이 가면서, 여러 가지로 참지 못할 고통을 당하며 갔으며, 선관 한 명이 파초선(芭蕉船)을 타고 오면서 신선을 부르며 묻기를,

"그 배는 어디로 끌고 가는가?"

"이 손〔객〕이 내게 술집을 가리켜 달라고 보채 끌려간다."

"허허허, 그거 참 좋구나. 나도 한몫 껴 볼거나."

선관도 농을 하면서 이선을 향하여 빈정대니,

"너는 술값을 얼마나 갖고 있느냐?"

"농들은 그만두시오. 나는 황제의 명으로 봉래산의 선약을 구하러 가는 사람인데 이선관에게 봉변을 당하고 있사옵니다."

이선은 은근히 새로 나타난 선관에게 구원을 호소하였더니, 선관이 껄껄 웃고서 묻기를,

"너는 동행하는 선관을 모르느냐? 당현종(唐玄宗) 시절에 한림학사 이태백(李太白)이다. 이 기회에 그가 좋아하는 술에 취하도록 함께 먹고 싶으나, 술값이나 넉넉히 가져왔느냐?"

"몸에 푼전이 없으니 어찌하겠소."

이선이 고소(苦笑)[1]를 하고 난처해 하는 모양을 본 적선(謫仙)[2] 이태백이,

"돈은 없더라도 네가 가진 옥지환이라면 술값에는 가히 족할

---

1) 어이없거나 시뻐서 웃는 웃음.

2) 선계에서 인간계로 쫓겨 내려온 선인.

거다."

하고, 어디론지 이선의 배를 끌고 갈 적에 멀리서 옥퉁소 소리가 은은히 들려오므로, 이태백이 미소하면서,

"동자야, 우리 저 풍류 소리를 따라 가 보자꾸나."

하고, 옥퉁소 소리 나는 곳으로 급히 달려가 보니, 한 명의 선관이 칠현금(七絃琴)을 물 위에 띄우고 그 위에 타고 앉아서 옥퉁소를 불고 있다가,

"아, 반갑다, 태을이 아닌가. 재미가 어떤가?"

이선은 모를 선관이 자기를 알아보는 것이 의아스러워서,

"진세속객이 어찌 선관을 알겠습니까? 나는 가는 길이 바쁜데 이 이태백의 넋이라는 선관이 잡고 놓지 않아서 큰일났습니다."

"허허허, 이 손이 제 아내가 준 옥지환을 팔아서 나에게 술을 사 준다고 종일 끌고 다니면서, 술을 종내 사 주지 않아서 화가 터진 판이다."

하고 이태백이 농을 하자, 동빈 선관도,

"허허허, 너희들이 서로 끌려 다닌다 하니, 마치 까마귀처럼 암놈 · 숫놈을 모르겠구나."

하고 웃으니, 이때 홀연히 선녀 한 명이 연엽주(蓮葉舟)에 술을 싣고 왔으므로 동빈 선관이 묻기를,

"선녀는 어디서 오시오."

"두목지(杜牧之) 선생이 친구를 만나려고 옥화주로 가셨으므로 그리 가나이다."

"그건 정녕 태을을 만나기 위함이 아닐까."

적선〔이태백〕이 손을 들어서 달려오는 배를 가리키며 저 배

가 아닌가 하였으므로 일동이 그 쪽을 보니, 한 선관이 소요관(逍遙冠)을 쓰고, 자색 학상의(鶴翊衣)를 입고 일엽주(一葉舟)를 바삐 저어 오면서 초공 이선을 향하여,

"태을아, 반갑다. 그 동안 인간의 재미가 어떤고? 우리 술이나 먹자."

하고 서로 권하며 잔을 들고 있었는데, 문득 공중에서 청의동자(青衣童子)가 내려와서 고하기를,

"안기선생께 스승님을 곧 공중으로 청하옵니다."

"우리들은 곧 가야겠는데 이태을은 어찌할까?"

하고 동빈 선관이 묻자, 두목지 선생이,

"장진이 내 학을 빼앗아 타고 봉래산으로 갔으니, 내 궁장(弓匠)을 데려다 두고, 학을 타고 쫓아가리다."

이 말에 모두 기뻐하면서 초공 이선에게 이별을 고하는 말을 하더라.

"우리 이제 서로 이별하니 섭섭하지만 멀지 않아 다시 만나볼 거다."

두목지는 초공 이선을 데리고 갔는데, 이윽고 어느 곳에 이르니, 큰 산이 하늘에 닿도록 높고 그 주위에 상서로운 구름이 서려 있었으니, 두목지는 이선에게,

"이 산이 봉래산이니 구류선을 찾아서 선약을 구하라."

하고 홀연히 돌아갔으므로, 이선이 바라보니 산천이 형용할 수 없이 아름다와서 탄식하여 마지않고,

"이태백의 시에 '삼산은 반락 청천외요, 이수는 중분백로주라〔三山半落青天外 二水中分白露洲〕' 하였더니, 짐짓 허언(虛言)이 아니로다."

하고, 산수로 완상(玩賞)하면서 산중으로 수리(數里)를 들어가자, 그곳에서 용왕의 왕자가 기다리고 있었으므로 이선이 놀라고 기뻐하니 용왕의 왕자가,

"나는 이상서가 가신 곳을 몰라 이태백을 만나서 물었더니, 두목지가 인도해서 봉래산으로 가셨다기에 여기 와서 기다린 지가 오래됩니다."

"그 두 선관들이 술을 사라고 진반농반 졸라대서 정말 땀을 빼었다."

"하하하, 그 신선들이 모두 이상서와 전생의 벗이신고로 반가와서 농을 한 것입니다. 만일 그 신선들을 만나지 못하였으면 어찌 이 봉래산에 도달하였겠습니까?"

하고 깊은 산중으로 점점 들어가서, 한 곳에 이르니 큰 바위들이 하늘을 찌르고 서 있었으므로 왕자가 이선을 업고 그 험지를 순식간에 올라가서 내려놓고,

"나는 배에 돌아가서 기다릴 테니 빨리 약을 구해 가지고 배로 돌아오시오."

"요행히 약을 얻을지라도 이 높고 험한 산길을 나 혼자 어떻게 내려가겠는가?"

"돌아가실 때는 쉬울 것이니 근심 마시오."

하고 가니, 이선이 혼자 더 높은 산으로 올라가니, 한 노인이 검은 소를 타고 오다가 이선을 보고 묻기를,

"그대는 어떤 사람인고?"

"나는 중국 병부상서 초국공 이선이온데 구류선을 찾고 있습니다."

노인이 그 말을 듣더니,

"그럼 저 침향(沈香)[1]나무 숲으로 들어가면 높은 바위에서 바둑을 두는 신선이 있을 테니 물어 보라."

이선이 기뻐하고 그곳으로 가 보니 과연 선관들이 바둑을 두고 있더라. 이선이 그들 앞으로 가서 절하고 보이니,

"그대는 어떤 사람인데 감히 이곳에 들어오느냐?"

"인간 병부상서 이선이온데, 구류선을 뵈옵고자 왔습니다."

그러자 청의선인(靑衣仙人)이 의아히 여기고 물으니,

"황태후의 병환이 중하셔서 황제의 명을 받들고 약을 구하려고 왔습니다."

이번에는 홍의선인(紅衣仙人)이 위를 가리키면서,

"구류선을 보려거든 저 상봉(上峯)으로 올라가 보라."

"황태후 위중하시와 신자(臣子)로서 군명(君命)을 지체치 못하겠으니 약을 곧 얻어 가게 해주십시오."

"우리는 약을 모른다."

이선이 인간의 재주로는 올라갈 수 없는 상봉을 쳐다보고 한탄하고 있을 때, 홀연히 청학(靑鶴)을 탄 신선이 오면서 이선에게,

"자네를 오래간만에 여기서 만나니 옛 생각이 그립구나. 그래 자네는 인간의 재미가 어떠하며, 설중매〔매향〕을 만나봤느냐?"

"인간으로서 고생할 뿐인데 전생에 알지 못하던 설중매를 어찌 알겠습니까?"

---

1) 팥꽃나무과에 속하는 상록교목. 높이 20미터 이상임. 생목 또는 고목을 땅 속에 묻어 수지가 적은 부분을 썩이고 수지가 많은 부분을 쓰는데, 줄기의 상처나 단면에서 흐르는 수지를 침향이라 하여 옛부터 향료로 매우 소중하게 여김.

“허허허. 자네는 인간으로 귀양가더니 천상(天上) 시절의 일을 다 잊었구먼.”
하고, 동자에게 차를 부어라 하여 이선에게 전하였고, 이선이 그 차를 받아먹으니 즉시 정신이 상쾌해지면서 천상의 태을진군으로서 득죄(得罪)한 일과 봉래산에 올라가 능허선의 딸 설중매와 부부가 되어서 살던 일과, 옛 친구라는 이 신선이 자기의 수하(手下)로 지내던 기억이 어제같이 소생하므로, 이선이 길게 탄식하고,

“나는 그때 갑자기 죄를 짓고 인간으로 귀양가서 고행(苦行)이 자심한데, 자네들은 모두 무고하니 다행일세. 그런데 설중매는 어디 있는가?”

“능허선 부부는 인간 이부상서 김전 부부요, 설중매는 양왕의 딸이 되었으니, 장차 자네의 둘째 부인이 될 것일세.”

이선이 긴 한숨을 쉬면서 묻기를,

“능허선 부부와 설중매는 무슨 죄로 인간으로 갔는가? 또 어찌하여 월궁소아는 김전의 딸이 되고, 설중매는 양왕의 딸이 되었는가?”

“능허선 부부는 방장산(方丈山)에 구경갔다가 상제께 꿀진상을 늦게 한 죄로 인간으로 귀양갔고, 자네 아내 설중매는, 자네가 소아를 흠모하는 줄 알고 항상 소아를 질투하더니, 전생의 그런 원수로 후생에 소아와 부부가 되어서 서로 간장을 썩게 한 셈일세. 그리고 설중매는 상제께 득죄한 일은 없으나, 부모와 자네가 인간으로 내려갔으므로 보려고 양수에 빠져 죽었으므로 후생에 귀하게 되어 양왕의 공주로 태어났던 것일세.”

“아, 이젠 알겠네. 그 양왕의 딸과의 혼사를 거절하다가, 양

왕이 보복으로 나를 죽이려고 봉래산의 선약을 구하도록 나를 보내라고 황제께 명하게 한 것이로군. 나는 죽어도 설중매와 혼인을 하지 않고 소아〔숙향〕만 사랑하려고 하였지만, 하늘이 정하신 일이니 피할 수 없는 운명임을 알게 되었네."

"아차, 자네가 돌아갈 때가 늦었으니 이 약을 갖고 가서, 여기서 내가 주더란 말을 말게."

그 신선이 세 가지 선약을 주므로, 이선이 사례하고 묻기를,

"이 약의 이름이 무엇인가?"

"작은 병에 든 물약은 환혼수(還魂水)요, 금빛약은 개언초(開言草)요, 또 한 가지가 우화환(羽化丸)일세. 지금 자네가 세상으로 돌아가면 황태후가 벌써 승하하였을 것이니, 자네가 가진 그 옥지환을 황태후 시체 위에 얹어 두면 썩은 살이 다시 소생할 것이니, 그 물약을 입에 칠해 드리게. 그래서 혼백이 돌아온 뒤에 개언초를 쓰면 말을 하실 것일세."

"그리고 이 우화선은 어디 쓸 약인가?"

이선이 남은 한 가지 약의 용도를 물으니,

"자네가 감추어 두었다가 나이 70이 되거든 7월 보름날에, 소아와 하나씩 나누어 먹게."

하고, 신선은 또 차 한 잔을 권하므로 이선이 받아 마시니, 해변에서 용왕의 왕자가 기다린다는 생각이 문득 나므로, 이선은 선인에게 사례하고 당황히 왕자 있는 곳으로 간즉, 왕자가 이선을 등에 업고 순식간에 남해 용궁으로 돌아오매, 용왕이 그를 반갑게 맞고 잔치를 베풀어 여행의 고초를 위로하더라.

"이번에는 용왕님 덕분으로 봉래산을 잘 다녀왔습니다만, 또 천태산을 가르쳐 주십시오."

하고, 이선이 간청하기로, 용왕이 또 왕자를 불러서 천태산으로 인도해 드리라고 명하였으니, 왕자는 곧 이선을 배에 태우고 출발하여 어느 곳에 이르자,

"이곳이 천태산이니, 약을 구하려면 마고선녀(麻姑仙女)를 만나서 청하면 쉬울 것이옵니다."

하고, 왕자가 이선에게 가르쳐 주었고, 봉래산 갈 때보다는 아주 쉽게 온 이선은, 거기서 홀로 산중으로 찾아들어가니, 도중에서 큰 시내를 만났는데 물 속이 퍽 깊어서 건널 수가 없어 물가를 방황하고 있을 때, 문득 동쪽에서 소년 한 명이 사슴을 타고 오매, 이선이 반갑게 여기고 길을 물으려 하였으나, 소년은 사슴을 채찍질해서 나는 듯이 가 버렸으므로 물을 수도 없었으며, 하는 수 없이 원망스럽게 바라보고 다시 방황해 가자니, 소나무 밑에 한 노인이 해진 누비옷을 입고 바위에 걸터앉아 있기에, 이선이 노인 앞으로 가서 절하고,

"저는 중국 병부상서 초국공 이선이온데, 황명을 받자와 약을 구하러 왔다가, 배가 고프고 갈 길을 모르니 인가를 가르쳐 주면 기갈을 면할까 하오니, 마고 선녀의 집을 가르쳐 주시면 약을 얻어가겠사옵니다."

"이 깊은 산골에 인가가 어디 있으랴. 또 내가 여기 있는 지 5만 년이 되었으나 마고선녀라는 이름은 금시초문이다."

하고, 바위에서 일어나니, 이선이 다시 물으려는 순간에 노인은 홀연히 자취를 감추고 말았고, 이선이 또 다시 방황하고 있을 때, 또 한 명의 노인이 석장(錫杖)[1]을 짚고 저쪽에서 오기에 이

1) 중이 짚는 지팡이. 보살이 두타행을 닦을 때 또는 먼 데를 다닐 때에 씀.

선이 그의 앞으로 가서 절하고 마고선녀의 집을 물으니,

"여기서 물 하나만 건너면 옥포동(玉浦洞)이 있으니 거기 가서 찾아보라."

"물이 깊어서 건너갈 수 없사옵니다."

노인이 짚고 있던 석장을 시내 위에 던지자, 순간에 변해서 다리로 되더라. 그러므로, 이선이 사례하고 물을 건너서 가 보니 노인은 간데없고, 공중에서 외치는 소리만 들리더라.

"나는 대성사(大聖寺) 부처인데 너에게 길을 가르쳤으니 잘 찾아가거라."

이선은 공중을 향하여 사례하고 산 속으로 가는 도중에 또 한 노인이 바위 위에 앉아 있으므로, 이선이 절하고 옥포동 가는 길을 물었으나, 노인은 대답도 하지 않고 긴 목청을 뽑아 노래 부르면서 바위 위에 누워 버렸으며, 이선이 민망히 여기고 어쩔 줄 모르고 있을 때, 한 선녀가 청학을 타고 손에 천도(天桃)를 들고 와서, 이선이 선녀에게 절하고 옥포동을 물었더니 선녀가 황망히 답례하고,

"당신은 누구시며, 옥포동에는 왜 가려고 묻습니까?"

"마고선녀를 만나서 선약을 얻어 가려고 그럽니다."

"당신은 길을 잘 찾아가지 못할 것입니다. 내가 이 산중에 있은 지 오래로되 마고선녀를 보지 못하였습니다."

"아아, 그러면 이 산의 이름은 무어라 합니까?"

이선이 놀라서 크게 탄식하니,

"이 산의 이름은 옥포산이요, 골 이름은 천태동이지만 날이 이미 저물었으니, 내 집에 가서 머무르고 내일 찾아보십시오."

이선이 고마와하며 노선녀를 따라간즉, 좌우에 기화요초(琪

花瑤草)가 난만하여 향내가 코를 찌르고, 도원경(桃源境) 선간(仙間)의 청삽살개가 한가롭게 짖고 있더라. 이선이 선녀의 인도로 집 안에 들어가니, 아담한 집이 티끌 하나 없이 정결하고, 나와서 맞는 노선녀를 따라 집 안으로 들어가니,

"내 집이 과부집이라, 손님 대접할 사람이 없어서 내가 직접 대접하니 허물치 마시오."

노선녀가 황금교의를 동서편으로 갖다 놓고, 이선에게 동편 좌석에 앉기를 청하기로, 이선이 그 상좌를 굳이 사양한즉 노선녀가 노하여,

"당신이 내 말을 듣지 않으니 나도 당신 가실 길을 가르쳐 드리지 않겠사옵니다."

이선이 민망히 여기고 권하는 대로 동편 교의에 앉았더니, 노선녀는 시녀를 시켜서 팔진미(八珍味)를 권하기로, 이선이 음식을 먹어 보니 이화정의 노파집 음식 맛과 같더라. 이선이 내심으로 혹시나 하는 생각이 나서,

"천태산이 어디입니까?"

"나도 천태산이란 산 이름이 금시초문이니, 수고롭게 허행을 하지 마시오. 필경 내 말에 따르는 것이 좋을 것입니다."

"들을 만한 까닭이 있으면 듣겠사옵니다."

"나도 명산(名山)에 있을 뿐 아니라, 명사의 아내가 되어서 가장 영화롭게 지내다가 남편이 득죄하여 이 땅에 왔다가, 남편이 세상을 떠나므로 어린 딸과 함께 돌아갈 길이 없어서 그냥 살아왔더니, 그 후에 딸이 장성하였으나 적당한 곳을 정하지 못하여 수심으로 세월을 보냈는데 오늘 천행으로 당신을 만나서 보니 첫눈에 대군자(大君子)라 칭하는 바이니, 결코 위험한 길

을 가지 말고, 나의 좋은 백년의 손(객)으로서 사위가 되어 주지 않겠소?"

이선이 공손한 대답으로 사양하고,

"대단히 고마운 말씀이오나, 나는 군명을 받들고 끝까지 다니다가 선약을 구하지 못하면 차라리 죽을지언정 불충지귀는 되지 않겠사옵니다."

"당신의 말이 매우 정대(正大)하지만, 속이 막힌 옹졸한 말이오. 속담에 죽은 정승이 산 개만 못하다 하는데 무슨 까닭으로 고생만 하다가 비명원사(非命怨死)한단 말이오. 내 비록 빈곤하나 노비(奴婢)가 3천 여 명이요, 전답이 수천 결이니 궁핍하지 않게 대접할 수 있사옵니다."

그러나 이선은 굳이 사양하고 민망스러워하더라.

이윽고 산공야정(山空夜靜)하여 천자가 모두 괴괴히 잠들었는데, 선녀가 시녀를 시켜서 옆방을 정하게 소제하고 이선을 인도하여 편히 쉬라고 권하더라. 이선이 거기서 그날 밤을 편히 쉬고 다음날 아침에 보니 그 편하게 잔 집은 간데없고 몸이 시냇가에 누워 있지 않는가? 이선이 황홀한 두려움을 이기지 못하다가, 한참 후에야 정신을 가다듬고 일어나서 고국을 생각하고 시를 지어 읊었으며, 수십 보를 걸어가니, 한 노파가 광주리를 옆에 끼고 길가에서 산나물을 캐고 있으므로, 이선이 가서 절하고 천태산을 물으니,

"여기 이 산이 바로 당신이 넘어온 천태산이라."

"옥포동은 어디 있습니까?"

"여기가 바로 옥포동이라."

이선이 기뻐하고 다시 묻기를,

"그러면 마고선녀의 집은 어디입니까?"

"내 눈이 어두워서 몰라보겠는데 당신은 누구십니까? 내가 바로 그 마고선녀이옵니다."

이선이 반가와서 두 번 절하고,

"나는 낙양 북촌의 이선이온데 노선(老仙)을 찾아 약을 구하러 왔는데, 왜 나를 못 알아보십니까?"

"아, 정말로 그러십니까? 서로 이별한 지 오래고, 또 나이가 많아서 선망후실(先忘後失)하여 생각이 나지 않기 때문입니다. 그러면 숙향낭자는 무사히 잘 있사옵니까?"

이선이 숙향의 무사를 알리고, 숙향이가 써 보낸 편지를 전하니,

"하하하, 내가 당신을 떠보느라고 모른 체하였소이다."

숙향의 편지를 다 읽은 뒤에 기뻐 마지않으면서,

"내가 공자를 위하여 기다린 지 오래이옵니다."

하고 약을 주면서, 구정을 펴고 조용히 이야기하고 싶으나, 요전에 내가 가서 숙향낭자를 만났더니 황태후가 승하하셨다 하니, 빨리 돌아가라고 알려 주니라. 이선이 그 약을 받아 들고 사례하는 순간에, 마고선녀는 문득 간데없더라. 이선이 공중을 향하여 눈물을 흘리며 사례하고 길을 찾아 어떤 강가에 이르니, 용왕의 왕자가 배를 대령하고 반갑게 맞아 주더라.

"제가 공(公)을 보내고 서해 용궁에 갔더니 숙모의 말씀이, 개안주(開眼珠)로 김상서의 은혜를 갚으려고, 요전에 정렬부인〔숙향〕이 표진강에 와서 제사지낼 때 술잔에 담아 바쳤으니 이미 상서 땅에 가 있을 것이니, 어서 댁으로 돌아가십시오."

하고, 배에 올려 태우고 눈을 감으라고 권하므로, 이선이 하라

는 대로 눈을 감았더니 이윽고 한 곳에 이르러 눈을 떠 본즉, 벌써 장안성(長安城) 10리 밖의 해경하라는 강가이더라. 이선이 꿈인 듯이 기뻐하면서 용왕의 왕자와 이별하고 입성(入城)하매, 황제가 즉시 알현하여, 이선이 어전에 엎드려서,

"신이 불명하와 빨리 복명하지 못하온 죄를 청하옵니다."

"그 방향도 모르는 몇 만리 길을 무사히 왕복하여 선약을 얻어 왔으니, 경의 충성이 놀랍도다. 그러나 황태후께서 이미 승하하셨으니 과연 회생(回生)의 영험이 있을는지 의심스럽소."

하시고 시험하였는데, 먼저 옥지환을 시체 위에 얹으니 상하였던 살결이 산 사람의 살 같아졌고, 입에 환혼주를 바르니 가슴에 숨기가 회복되었으나, 말은 하지 못하였으므로 입 안에 개언초를 넣으니 이윽고 말을 하므로, 또 개안주로 감은 눈 위에 세 번 문지르니 눈을 뜨고 만물을 환히 보게 되어서 완전히 소생하시더라. 이런 선약의 신기한 영험을 보고 황제와 백관이 모두 놀라 기뻐하며, 황제가 이선의 손을 친히 잡으시고,

"경은 이런 선약을 어떻게 구하였소? 그 원로의 고생은 추측하고도 남음이 있소."

이선이 전후의 경과를 보고해 올리자, 황제가 칭찬하여 하는 말씀이,

"옛날에 진시황과 한무제의 위엄으로 능히 하지 못한 것을 이번에 경이 이제 선약을 구하여 황태후를 재생케 하시게 하니, 이것은 불세지공(不世之功)이매, 짐이 어찌 그 공을 갚으며, 어찌 한시라도 잊으리요. 처음의 약속대로 마땅히 천하를 반으로 나누어 주겠소."

이선이 엎드려 아뢰되,

"욕신(欲臣)은 사(死)라 하였사옵는데, 어찌 그같이 과도(過度)하사, 신으로 하여금 추세에 역명(逆名)을 면치 못하게 하시나이까? 바라옵건대 성상은 소신(小臣)의 미충을 살피소서."
하고, 머리로 땅을 쳐서 피를 흘리며 사양하니, 황제가 이선의 사양하는 뜻이 굳음을 보시고 상을 감하여 초왕(楚王)에 봉(封)하시고, 김전으로 좌승상을 시키시고, 공을 다 갚지 못함을 한탄하시더라. 이선은 부득이 사은퇴조(謝恩退朝)하여 부중(府中) 자기 집으로 돌아와, 부모와 장승상 부부와 정렬부인 숙향이 죽었던 사람을 다시 만난 듯하여 큰 잔치를 베푸니, 황제가 들으시고 어악(御樂)을 보내어 흥을 돋우어 주시더라.

숙향부인이 초왕으로 봉해진 남편 이선에게,

"길을 떠나신 후에 북창 앞의 동백나무 가지가 날로 쇠진하므로 돌아오시지 못하실까 주야로 염려되기로 대신 박명한 목숨을 끊기로 천지신명께 기약하옵더니, 하루는 꿈에 마고할미가 와서 말하기를 이상서를 보려거든 따라오라기에 한 산골로 들어가 보니 큰 궁전에서 상공을 보고 왔사옵니다. 상공이 아무리 양왕의 딸과 혼사를 사양하셔도 이미 하늘이 정한 배필이니 아니치 못하리다."

숙향의 그 말을 듣고 초왕 이선이 천태산 선녀의 집에 갔던 일을 말하고, 양왕의 딸이 알고 보니 전생에 자기의 아내였던 것을 말한즉, 숙향부인이 더욱 혼인을 권하더라.

이때에 양왕이 초왕의 부친 위왕에게 권하였으므로, 마침내 설중매〔매향〕를 제2부인으로 맞아들이기로 결정하였으니, 택일 성례하게 되어서 황제가 그 소문을 들으시고 크게 기뻐하셔서 숙향을 정렬왕비(貞烈王妃)를 봉하시고, 매향을 정숙왕비(貞淑

王妃)를 봉하시었다. 그리하여 매향공주는 김승상 부부를 부모같이 섬기고, 숙향부인은 양왕 부부를 친부모같이 대접하였다. 그리하여 삼위(三位)의 부부가 화락하여 숙향부인은 2자 1녀(二子一女)를 두고 매향부인은 3자 2녀(三子二女)를 두어서, 한결같이 소년등과(少年登科)하여 벼슬이 높고 자손이 번성하니라.

숙향부인의 장자는 태자태부(太子太傅) 겸 병부상서로 있고, 여아는 태자비(太子妃)가 되었고, 차자는 정서대도독(征西大都督)으로 오원주천이라는 땅에 가서 오랑캐를 정벌하고 있었고, 적병을 무수히 무찌르고 어떤 적장을 죽이려고 할새 창검이 들지 않고 결박한 것이 저절로 풀렸으므로, 활로 쏘았으나 맞지 않고 도망하지도 않기로, 적병은 그러한 기적이 하늘의 도움이라 생각하고 항복하였으므로 종으로 삼아서 데리고 부중으로 돌아와서 부모께 그 사연을 자세히 고하더라. 초왕 부부가 두고 친근히 부렸는데 어느 해 정월 보름에 초왕이 모든 노복(奴僕)을 불러서 뜰에서 씨름을 붙이고 유흥하였으매, 그 귀화(歸化)한 오랑캐 종이 가장 힘이 강해서 여러 사람을 이겼으므로, 초왕이 칭찬하여 마지않더라.

이때 숙향부인이 자세히 보니 그놈이 반야산에서 업어다가 마을에 갖다 두고 간 도적 같은 기억이 떠올랐으므로, 그래서 자기가 가진 수족자를 보니 역시 그때의 도적과 방불하더라. 초왕에게 그 족자를 보이고 오랑캐 출신의 종과 비교하여 보였더니, 그 그림과 종의 얼굴이 조금도 틀리지 않았으니, 초왕이 신기하게 여기고 묻기를,

"너는 옛날에 반야산에서 사람을 구한 일이 있느냐?"

"그 난리 때 반야산에서 한 계집아이가 부모를 잃고 바위틈

에서 울고 있는 것을 도적이 죽이려는 것을 제가 그 아이의 상을 보니 매우 비범하여 업어다 유곡촌(有穀村)에 두고 왔습니다."

초왕이 이 말을 듣고 크게 기뻐하고 그 말을 전하자 왕비 숙향이 반겨서 그 종을 불러서 그때의 은혜를 말하고 성명을 물으니,

"제 성명은 신비해로소이다."

하고 대답하므로, 숙향부인은 곧 금은으로 후상(厚賞)하고 초왕 이선도 많은 상을 내렸고, 이 일을 황제에게 아뢰자 황제가 기특히 여겨서 신비해로 하여금 평서장군진서태수(平西將軍鎭西太守)로 삼으시고 모든 도적을 진정하라고 분부하셨으므로, 그 후로는 서방이 평정되어 도적이 없어지더라.

어느 해, 장승상 부부 세상을 떠났으므로 예(禮)로서 후장(厚葬)하고, 매향부인의 애통하는 모양은 모든 사람을 감동시켰으며, 그 후에 위왕 부부도 또한 세상을 버리매 선산(先山)에 왕례(王禮)로 안장(安葬)하였으며 그 후 초왕 이선이 70세가 되어서 7월 보름날에 제자제손(諸子諸孫)과 가족을 거느리고 궁중에서 잔치할 때에, 한 선비가 곧장 궁중으로 들어왔으므로 초왕이 보니 그는 여동빈 선관이더라.

"그대는 어디로 해서 이렇게 오는 길이오?"

"옥황상제의 명으로 초왕을 데리러 왔으니 바삐 가십시다."

"속객이 어찌 천상(天上)에 올라갈 수 있겠소?"

"전에 봉래산에서 그 선녀가 주던 약을 지금 가지고 계시옵니까?"

그제야 초왕 이선이 깨닫고 즉시 약을 내어 왕비 숙향과 왕비

매향께 한 개씩 먹이니, 3부처(三夫妻)의 몸이 공중으로 두둥실 떠 올라가자 초왕의 3녀 5자가 망극하여 공중을 향하여 통곡하면서 왕례(王禮)로 허장(虛葬)을 지냈더라.

## 작품 해설

조선 시대에 쓰여진, 지은이와 집필 연대가 알려지지 않은 한글 소설이다. 다만 영조 30년인 1754년에 만든 만화본 〈춘향가〉에 이 작품에 대해 언급한 것으로 미루어 그 이전에 쓰여진 것으로 보인다.

총 80여 면으로 되어 있으며, 도선 사상에 입각해서 쓰여진 소설로서, 전체 줄거리가 도선적인 전기성(傳奇性)을 띠고 있으며, 비현실적인 결말로 구성되어 있다.

중국 송나라 때 사람인 김전과 그의 부인 장씨는 늦은 나이에 아이가 없었는데, 그 뒤 숙향을 낳았다. 하지만 숙향이 세 살 되던 해에 피란길에 숙향을 잃어버리고 말았다. 숙향은 사슴의 도움을 받아 목숨을 구해 장승상 댁에 이르고, 장승상은 숙향을 딸로 삼았다.

숙향을 시샘한 시비 사향이 숙향을 죽일 흉계를 꾸며, 숙향은 도둑 누명을 쓰고 집에서 쫓겨났다. 이에 숙향은 죽음을 결심하지만 용녀와 화덕진군, 천태산 마고할미의 도움으로 살아나고, 마고할미 집에서 살았다.

어느 날 숙향은 꿈 속의 광경을 수로 그렸는데, 이것을 할미가 시장에 내다팔았으며, 그 수를 본 이선이 숙향과 만나 가연(佳緣)을 맺었다. 이 사실을 알게 된 이상서는 김전으로 하여금 숙향을 죽이게 했는데 김전은 숙향이 자신의 딸임을 알게 되어 그녀를 죽이지 못했고, 이 사실을 알게 된 이선의 숙모가 이상서에게 숙향에 관한 일을 알려 주었다.

마고할미가 세상을 떠난 뒤 숙향은 이상서 부부와 만나고, 이선이 장원급제한 후 이선과 숙향은 화목하게 지냈다. 그 뒤 이선은 황태후를 위해 선약을 구해 이 공으로 초왕(楚王)이 되어 숙향과 부귀를 누렸다.

줄거리 속에 남녀 주인공의 도선적인 출생담은 물론, 숙향이 난리중 울고 있을 때 황새가 와서 날개로 덮어 주고, 잔나비가 와서 삶은 고기를 물어다 먹이며, 까치가 숙향을 구원해 줄 장승상 댁이 있는 마을로 숙향을 인도했고, 청조(靑鳥)가 숙향을 천상으로 안내해서 후토부인을 만나, 전세(前世)인 천상에서 지내던 일들을 기억하고, 후토부인이 주는 사슴을 타고 지상에 내려와 장승상댁으로 갔다는 것은 모두 도선적인 짜임이다. 이 외에도 사건 전개의 대부분이 도선적으로 구성되어 있어서 이 작품은 도선 소설의 대표작이라고 할 수 있다.

이 작품 속에서 남자 주인공 이선이 서역 봉래산 선계로 약을 구하러 가면서 온갖 마물(魔物)들의 방해를 받는 것은 중국 소설《서유기》의 모방으로 보인다.

그리고 이 작품은 상계(上界)에서 내려온 남녀 주인공들이 온갖 고난 끝에 지상에서의 연분을 맺는 과정을 표현한 애정 소설이라고 보고 있는데, 실제로는 남녀 주인공의 애정담보다 여자 주인공인 숙향의 고행담을 더 표현했다.

남녀 주인공이 영물(靈物)이나 선인(仙人)의 도움으로 위기에서 벗어나는 장면이 많고 이들이 내용 흐름을 이어 주고 있다는 점은 이 작품이 도선적인 성격을 강하게 띠고 있음을 보여 준다. 즉, 숙향의 고행담을 통해 여성이 수난당하는 당시의 사회 모습을 지은이 나름대로 깊이 인식했으면서도 그 해결책을 도선이라는 초월적인 힘에서 찾으려고 한 점은 안타까운 대목이다. 이처럼 이 작품에서 도선적인 표현을 빼면 평범한 작품에 불과하지만, 이 작품이 도선 사상에 입각해서 쓰여졌다는 것으로 볼 때 종교적인 연구 대상이 될 수 있다.

아울러 〈숙향전〉은 숙향의 삶을 중심으로 사건이 전개될 뿐만 아니라 고난과 역경 속에서도 그녀가 애정을 포기하지 않는다는 설정을 하고 있다. 이처럼 인위적이며 현실적인 장애를 뛰어넘어 남녀간의 자유로운 애정을 이룬다는 점에 이 작품의 가치가 있다. 이것은 당시 여성 독자층의 변화된 의식과 이에 따른 그들의 사회적 요구와 긴밀한 관계를 맺고 있다. 이러한 특징을 지닌 이 작품은 이후 이와 유사한 내용의 소설이 성행하는데 자극제가 되었다.

이 작품의 목판본으로 경판본이 있고 활자본으로는 국문본과 한문본의 두 종류가 있다.

‖ 구 인 환 ‖
서울대학교 사범대학 국어교육과 졸업
서울대학교 대학원 국어국문과 수료(문학 박사)
서울대학교 사범대학 교수
국어국문학회 대표이사 및
한국소설가협회 이사
문학과문학교육연구소 소장
서울대학교 명예교수



우리 고전 다시 읽기
숙향전

초판 1쇄 발행 2003년 3월 10일
초판 5쇄 발행 2020년 4월 28일

엮 은 이 구 인 환
펴 낸 이 신 원 영
펴 낸 곳 (주)신원문화사

주 소 서울시 구로구 가마산로 27길 14(신원빌딩 10층)
전 화 3664-2131~4
팩 스 3664-2130

출판등록 1976년 9월 16일 제5-68호

* 잘못된 책은 바꾸어 드립니다.

ISBN 89-359-1092-9 03810